이 정도
거리가
딱 좋다

이 정도 거리가 딱 좋다

초판 1쇄 발행 | 2020년 12월 15일
초판 2쇄 발행 | 2022년 8월 20일

지은이 황보름
발행인 한명선

주소 서울시 종로구 평창길 329(우편번호 03003)
문의전화 02-394-1037(편집) 02-394-1047(마케팅)
팩스 02-394-1029
전자우편 saeum98@hanmail.net
블로그 blog.naver.com/saeumpub
페이스북 facebook.com/saeumbooks
인스타그램 instagram.com/saeumbooks

발행처 (주)새움출판사
출판등록 1998년 8월 28일(제10-1633호)

ISBN 979-11-90473-49-1 03810

• 잘못된 책은 바꾸어 드립니다.
• 책값은 뒤표지에 있습니다.

이 정도
거리가
딱 좋다

황보름 에세이

2

나에게 결혼은 짜장면 같은 것

3

긴 시간 속에서 우리 삶의 궤도는

4

나는 매일매일 죽음을 생각할거야

prologue

28년 지기 친구들과 한강을 걸었다. 싸늘한 가을 날씨에 추적추적 내리는 비. 우산을 쓰고 걷다가 본격적으로 수다를 떨기 위해 근처 카페로 자리를 옮겼다. 언제나 만나면 늘 시간이 부족했기에 이른 오후부터 만난 거였는데, 벌써부터 시간이 너무 빨리 흐르는 것 같아 어느새 말이 빨라지고 있었다.

우리의 이야기는 늘 그렇듯 학창 시절로 되돌아갔다. 한 명씩 콕콕 찍어가며 네가 그땐 어땠네, 저쨌네, 하며 이미 다 아는 이야기를 새로운 이야기인 양 늘어놓았다. 이번엔 내가 타깃이 됐다. 옆에 앉은 친구가 쯧쯧거리지만 않았지 거의 혀를 차는 투로 말했다.

"황보름, 너도 그때 참 미성숙했는데."

친구들이 어렸을 때의 내 허물을 하나씩 들춰냈다. 너무 자기주장이 강했던 점, 그렇기에 유연하지 못했던 점, 자기만의 틀이 강해 뻣뻣했던 점, 가끔 놀라우리만치 극단적인 말을 잘도 쏟아냈다는 점. 그 시절 친구들은 내 개인주의 성향도 부담스러워했다.

친구들의 입을 통해 나오는 나에 관한 에피소드를 들으며 나는 테이블에 놓인 휴지를 손에 쥐었다. 나오는 눈물을 휴지로 찍으며 끅끅 웃었다. 나로선 아직도 정확한 이유를 알지 못하지만 어찌 됐건 내게 두 번쯤 절교 선언을 했던 친구의 어깨에도 얼굴을 묻고 웃었다.

"얘도 많이 변했지."

또 한 친구가 이렇게 말했을 땐 고개를 끄덕이면서도 속으론 정말 그럴까 반문도 했다. 나는 내가 늘 변화의 가능성을 지니고 있는 사람, 언제라도 다시 새롭게 시작할 수 있는 사람이 되길 바라지만, 한편 내 안엔 불변의 어떤 것이 있으리란 생각 때문이었다.

나라는 사람을 타인과 구별해주는 고유한 무엇. 시간과 경험과 깨달음으로도 변치 않고 내 안에 그대로 있어줄 무엇. 그 무엇이 있기에 나는 여전히 나로 존재할 수 있는 것 아닐까.

이런 생각을 했음에도 친구들에게 '그렇지만도 않아.' 하고 말하지 않았던 건 그 불변의 어떤 것을 나만 볼 수 있다는 점이 마음에 들어서였다. 굳이 친구들에게 나의 모든 것을 다 보여줄 필요 있을까. 지금처럼 이 정도 거리에서 서로를 보이는 그대로 받아들이고 이해하고 웃기고 놀리며 지내는 것도 좋지 않을까.

아무리 친한, 아무리 사랑하는 사이여도 결코 다가설 수 없는 각자의 거리가 우리에겐 있으니까. 그 거리는 억지로 좁힐 필요 없고, 또 좁혀서도 안 되는 거리다. 내가 나 자신으로 오롯이 존재하고 살아가기 위해 필요한 최소한의 거리이기 때문이다.

이런 거리를 확보한 채, 만나면 즐거운 사람들과 시시콜콜한 이야기를 주고받으며 수다 떠는 시간. 타인의 허물을 들추는 듯 하다가도 툭툭 장점을 말해주고, 실은 내가 이래서 너를 좋아한다며 고백도 하는 시간. 나는 이런 시간이 참 좋고 편하다.

친구들 말처럼 나는 변한 게 맞을 것이다. 나이가 들면서 자연스레 깎이고 다듬어지고 절충된 면도 있을 테고, 내 안의 불변의 어떤 것, 즉 본질이 드러나는 경향이나 표현 방법이 달라지기도 했을 테니까.

나이를 먹는다는 건, 나라는 사람이 어떤 사람인지 조금씩 알아가는 과정의 다른 말 같다. 이제야 내가 어떤 사람인지 조금은 알 것 같아 덜 서투르게 나를 표현하게 되고, 덜 어색해하며 나 자신을 있는 그대로 받아들이게 된다. 그래서 내가 나를 예전보다 더 편안하게 바라볼 수 있게 된 상태. 이 상태에 이르면 우리는 28년 지기 친구들에게서 이런 말도 듣게 되는 것 아닐까.

"너도 이제 좀 괜찮아진 듯."

나를 구성하는 것들 중엔 부들부들 동글동글 보드라운 공 같은 것도 있고, 서늘서늘 삐죽삐죽 날카로운 바늘 같은 것도 있다는 사실. 나는 이런 사실을 이젠 매우 자연스레 받아들이고 있다.

공은 키우고 바늘은 없애려고 했던 적도 있었다. 공은 모른 체하고 바늘로만 세상을 쿡쿡 찌르고 다녔던 적도 있었다. 내 안의 특정 일부를 더 살리거나 더 죽여야만 세상에 나를 더 쉽게 적응시킬 수 있을 것 같던 때였다.

이젠 공과 바늘이 모두 존재해야 그것이 나라는 생각을 한다. 세상을 지혜롭게 살아가기 위해선 부드러움과 날카로움이 모두 필요하리라는 생각을 한다. 너무 낙관으로 기울어져도 안 되고 너무 비관으로 치우쳐져도 안 되듯, 나의 어느 한 면으로만 세상을 살아가려 애를 쓰지 않아도 된다는 생각을 한다.

다만 내가 내게 바라는 건, 공과 바늘, 이 둘을 조화롭고도 균형 있게 세상에 드러낼 줄 아는 어른이 되는 것이다.

어른이 되어가는 과정 중에 이 글들을 썼다.

겨울을 맞이하며

황보름

1

이 정도 거리가 딱 좋다

잘 보이려 하지 않는다

알고 지낸 지 6년쯤 된 지인 P가 있다. 일 년에 서너 번 대여섯 명의 지인들과 함께 만나 술 마시고 얘기하면서 같이 논다. 따로 만나 이야기를 나눈 적은 없지만 그렇게 계속 만나다 보니 서로에 관해 조금씩 알게 되었고, 나는 점점 P의 삶을 응원하게 됐다. 그가 말하지 않은 고민이 조만간 해결되기를, 지난 몇 년간의 수고가 좋은 결실을 맺기를, 지금은 기가 좀 죽어 있는데 곧 다시 힘을 내기를.

그런데 P와 이야기를 나누다 보면 간혹 그의 냉랭함에 가슴이 서늘해졌다. 그는 문득문득 차가워지는 사람이었다. 나는 어느 날은 그가 나를 싫어하나 싶기도 했고, 어느 날은 그가 원래 저런 성격인가 싶기도 했다. 그는 먼저 말을 거는 타입의 사람도 아니었다. 고요한 그의 옆에 앉아 있다 보면 결국은 내가 먼저 말을 걸게 되는데, 그럴 때면 왠지 긴장도 됐다. 긴장할 거면 묻지나 말지 나는 이상하게도 불편한 사람과 함께 있으면 침묵을 유독 더 참지 못한다.
그렇다고 가끔씩 차가워지는 P의 성격이 딱히 문제되진 않았다. 우리는 어차피 가끔씩 만날 뿐이었고, 사람들 속에 파묻혀 있다 보면 둘이 이야기를 나눌 기회 자체가 거의 없었으니까.

그런데 그날 아침 P가 연락을 해왔다. 약속이 있다가 깨지니 마음이 좀 그렇다고, 심심하기도 하니 좀 놀아달라고 했다. 원래 모두 함께 만나기로 한 날이었다. 그런데 급한 일이 생긴 사람 때문에 약속 날짜를 뒤로 미룬 게 어젯밤의 일이었다. P가 연락을 해왔다는 사실이 놀랍기도 했고, 또 얼마나 심심했으면 이런 부탁을 다 했을까 싶기도 했다. 그래도 나는 그의 부탁을 정중히 거절했다. 고민 끝에 내린 결정이었다.

문득문득 차가워지던 P가 떠올랐다. 말이 없던 P가 떠올랐다.

그와 나란히 앉아 있을 때면 늘 내가 먼저 말을 걸어야 했던 것도 떠올랐다. 만나면 아무래도 어색하고 내 쪽에서 말을 짜내느라 힘도 들 것 같았다. 어쩌면 그를 단둘이 만나게 된다면 나는 그의 냉랭함을 무례함이라 결론짓게 될지도 몰랐고, 앞으론 그를 만나는 게 꺼려질지도 몰랐다. 무엇보다 즐겁지 않을 것 같았다. 이렇게 걱정만 잔뜩 드는 만남이 기대될 리 없었다.

"죄송해요, P. 우리 둘이 만나면 정말 어색할 것 같지 않아요? 그냥 다음에 다 같이 보면 어때요?"

나는 내 마음을 솔직하게 카톡에 털어놓았고 마음을 졸이며 P의 답변을 기다렸다. P는 곧 이렇게 카톡을 보내왔다. "그래요ㅎㅎ." 나는 '그래요' 뒤에 붙은 'ㅎㅎ'가 그렇게 고마울 수 없었다. P가 딱딱하지 않게 웃어주어서 다행이라고 생각했다.

예전 같으면 만났을지도 모르겠다. 심심하다고 연락한 사람을 어떻게 거절한단 말인가. 나를 매정한 사람이라 생각할지도 모르겠고 말이다. 그런데 언젠가부터는 내 마음부터 먼저 챙기게 된다. 관계를 유지하기 위해 억지로 노력하지 않는다. 잘 보이려 하지 않는 것이다. 할 만큼만 하기. 요즘 나는 할 만큼만 해도 관계는 충분히 이어갈 수 있다고 생각한다. 또 서로 할 만큼만 해도 이어지는 관계가 건강한 관계라고도 생각한다.

나이 들어 만난 사람들과의 관계일수록 더 피상적이게 된다고들 말한다. 무슨 말인지 알 것 같다. 확실히 옛 친구 앞에서는 스스럼없이 하게 되는 행동도 나이 들어 만난 사람들 앞에서는 하게 되지 않는다. 그런데 나는 나이 들어 만난 사람들이 어느 면에선 더 편하기도 하다. 스무 살에 만난 사람보다 스물다섯에 만난 사람 앞에서, 스물다섯에 만난 사람보다 서른다섯에 만난 사람 앞에서, 나는 더 있는 그대로의 나다.

어렸을 땐 상대에게 잘 보이려 나를 많이도 꾸몄던 것 같다. 그런데 이젠 나를 꾸미려 노력하지 않는다. 그저 분위기에 해가 되지 않을 만큼 내 식대로 말하고 행동할 뿐이다. 예전엔

'내 식'이 뭔지도 잘 몰랐기에 더 허둥댔던 면도 있을 것이다. 나이 들어 좋은 점은, 어떻게 말하고 행동하는 게 나에게도 편한지 알게 됐다는 것이다.

잘 보이려 하지 않는다는 말이 오해를 불러올 수도 있을까. 나는 상대에게 친절하려 노력하고, 무례하게 굴지 않으려 노력하고, 또 상대를 존중하려 노력한다. 다만, 잘 보이기 위해 무언가를 '더' 하지 않을 뿐이다. 더 웃고, 더 좋아하는 척하고, 더 착한 척하고, 더 즐거운 척하지 않을 뿐이다. 이렇게 편안한 마음 상태에서 만난 사람들과는 이후 만남에서도 계속 편안한 마음을 이어갈 수 있다. 문 앞에서 심호흡을 하며 오늘의 만남을 긴장할 필요도 없다. 자연스러운 나가 자연스러운 너를 만나 자연스러운 분위기에서 얘기 나누는 것이 좋다.

'인싸'보단 '아싸'

SNS를 하다 보면 얌체 같은 사람들을 간혹 만난다. 선팔을 해서 맞팔을 하니 어느샌가 팔로우를 끊는 사람들. 팔로우 수를 늘리려는 비겁한 계략! 뭐, 계략이라고 할 것까진 없을까. 이렇게 말을 하면서도 나도 간혹 먼저 팔로우를 끊어버릴 때가 있다. 팔로우 끊기가 좀 그러면 그 사람의 피드는 일부러 자세히 보지 않고 넘긴다. 현실 세계에서도, SNS 세계에서도 내가 부담스러워하는 사람들은 이런 종류다. 관계 맺기에 무지막지하게 열정적인 사람들. 그러니까 '핵인싸'들.

너무(꼭 '너무'를 붙여야 한다.) 밝고 적극적이고 열정적인 사람은 보고 있기만 해도 버겁다. 연기하는 사람은 아무렇지 않은데 관객이 더 지쳐버리는 꼴이다. 그들의 피드에 달린 수십 수백

개의 댓글들. 그 댓글들에 일일이 답하고 있는 그들. 그의 피드와 댓글은 그가 가진 열망의 크기를 의미하는 듯하다. 관계를 맺고 싶다, 더 열렬히 맺고 싶다, 정말 완전 강하게 맺고 싶다!

나는 관계에 다소 열정이 부족한 사람들과 더 편안한, 더 긴 관계를 유지하며 살고 있다.

"요즘 뭐 하고 지냈어?" 하고 물었을 때 "집-회사-집-회사." 라고 대답하는 사람들.
"조만간 또 보자." 말해놓고는 몇 개월쯤은 당연하단 듯 연락 없는 사람들.
2020년도를 살아가면서 SNS라 통칭되는 신문물을 단 하나도 하고 있지 않은 사람들.
그리고 가끔은 관계 결여로 인해 "나 요즘 외롭다." 호소하는 사람들.

나와 관계를 맺고 있는 사람들은 가끔 내 시야에서 장시간

사라지기도 한다. 그러고는 자기만의 방으로 들어가 뭔가 혼자서 삶을 요리조리 뭉쳤다가, 찌부시켰다가, 다시 펴고선 어딘지 달라진 얼굴로 재등장한다. 인간관계 디톡스를 말끔히 끝냈는지 한결 건강하게 웃으면서.

내가 이런 '아싸'들을 좋아하는 이유는, 그들은 하나같이 달변가이기 때문이다. 내 기준에 달변가는 자신의 이야기를 솔직하게, 깊이 있게 잘 하는 사람이다. 달변가인 아싸 앞에선 억지로 귀를 기울일 필요 없다. 절로 그들의 입 방향으로 귀가 틀어진다. 말 좀 느려도 좋다. 말 좀 더듬어도 좋다. 자꾸 부끄러워하고, 자꾸 샛길로 새도 좋다. 솔직하고 깊은 그들의 말은 그럼에도 언제나 귀가 쫑끗 설 만큼 매력적이니까.

늘 사람들에 둘러싸여 있느라 내 생각의 근원이 어디에 닿아 있는지 모르는 사람들이 많다. 남들이 하는 말에 친절하게, 기분 좋게 대꾸해주느라 내 실제 감정을 잊고 살기도 쉽다. '나'는 이렇게 서서히 사라진다.

반대로 자주 혼자 있는 사람은 내 생각의 근원에 자연스레 가닿게 된다. 타인에게 맞장구칠 필요가 없기에 내 감정에 충실하게 된다. 이런 '나'는 사회에선 '아싸'지만 자기 자신에게만은 '인싸'다.

자기만의 확고한 생각과 개성을 지닌 사람들을 보고 있는 일은 즐겁다. 누가 해도 그만인 말이 아닌 그 사람만이 할 수 있는 말을 하는 이들에게 눈길이 간다. 다 그런 건 아니지만, 이런 이들은 대개 매 순간 자신을 타인에게 노출시키지 않는다. 나는 늘 이런 사람들을 멋지다고 생각했는데, 그래서 혼자 있는 시간을 잘 보내는 사람들을 더 주위에 두려 하는 것인지도 모르겠다.

그들이 다시 내 앞에 나타났을 때 내게 해줄 말을 기다리는 게 좋다. 그들이 이번엔 또 어느 방향으로, 얼마만큼 달라졌는지 기대하게 된다. 그들에게 달라졌다는 건 더 고유해졌다는 의미일 테다.

이 정도 거리가 딱 좋다

친구와 카톡 전쟁을 벌인 적이 있다. 나와 친구 U가 주 싸움꾼이었고 친구 한 명은 중재자, 다른 두 명은 방관자 내지는 구경꾼이었다. 어떻게 그럴 수 있나 싶게 우리는 정말 카톡으로 말싸움을 두 시간 동안이나 했다. 문장을 주고받는 속도는 말을 주고받는 속도보다 빨랐고, 나는 친구가 내게 화를 낼 때마다 육성으로 욕을 먹는 기분이었다. 내가 U에게 아무리 그래도 네가 그렇게 나오면 안 되는 것 아니냐고 몰아붙이면, U는 내가 뭘 어떻게 해야 하느냐며 소리를 질렀다(친구는 정말 손가락으로 소리를 질렀다).

이 싸움을 시작한 사람은 나였다. 친구가 나를 전혀 배려하지 않는 것 같아서였다. 내 쪽에서의 일방적인 배려와 친구의 무심함(이라고 나는 생각했지만, 아마 친구는 달리 생각했을 것이다. 그러니 두 시간을 싸우고도 결론이 안 났겠지). 오랜 친구가 나를 배려하지 않는다고 생각하자 섭섭함이 커졌고 섭섭함이 커지자 한순간에 감정이 폭발해버렸다. 그렇게 우리는 학창 시절 하굣길 어느 골목에서 그러던 것처럼 정말 오랜만에 각자의 말만 하는 싸움을 대판 벌였다.

그 다툼 이후로 우리는 서로 소원해졌다. 일 년 반 동안 연락 한 번 안 했다. 중재자였거나 방관자였던 친구들을 통해 U가 어떻게 지내고 있는지 간혹 들을 따름이었다. 연락을 해야 할까 하는 생각이 스멀스멀 들긴 했다. 중재자였거나 방관자였던 친구들이 말하길 U는 그날의 일을 다 잊었다고 하니까. 그래도 연락하지 않았다. 그냥 그런 생각이 들었다. 연락한다고 해서 우리가 다시 가까워질 수는 없겠다는 생각.

그러다 일 년 반이 지나 우리 다섯 명이 오랜만에 만난 날이었다. U에게 어떻게 인사를 건네야 할까, U는 나를 반길까, 아니면 떨떠름해할까. 내가 먼저 커피숍에 도착해 있었고 U가

늦게 도착했다. 우리의 눈이 마주쳤다. 그리고 그 순간, 그날의 그 다툼과, 지난 일 년 반 동안의 공백이 아무것도 아닌 게 됐다. 우리는 웃었고, 말했고, 자연스러웠다. U는 괄괄한 태도로 그간 쌓아둔 재미있는 이야기들을 대방출했고, 나는 U의 말들을 (나도 놀랄 만큼) 아무런 감정 없이 박장대소하며 들었다. 신기한 일이었다. 보자마자 화가 풀리다니.

우리는 그날의 다툼에 관해 한마디도 하지 않았다. 내가 너무 내 생각만 했다고, 그래서 미안했다고 사과도 하지 않았다. 그저 우리가 알고 지냈던 긴 시간 속에서 그날의 사건만 쏙 빼낸 채 서로를 대했다. 서로의 마음속엔 아직 풀리지 않은 섭섭함이 남아 있다는 것, 우리는 알았다. 하지만 내 섭섭함을 풀겠다고 그 얘기를 다시 꺼냈다가 사이가 틀어질 바엔 섭섭함을 지닌 채 계속 관계를 이어가는 것이 낫겠다고, 우리는 생각했다. 한 번 더 싸우면 이마저도 보지 못할 것 같았으니까. 이 친구와 또 싸우기엔 이 친구에게 정이 너무 많이 들었으니까.

우리는 이번 싸움을 통해 분명히 알게 되었다. 너와 나는 참 많이 다르다는 것. 대화를 통해 접점을 찾기엔 너무 많이 다르다는 것. 그러니 서로를 설득하려 하는 대신 그저 이해하고 받아들여야 하겠다는 것. 우리는 긴 시간이 지난 후에야 우리가 공통점보다 차이점이 더 많은 사람이라는 걸 분명히 깨달은 것이다.

다시 만난 이후로 나와 U는 확실히 예전보다 소원하게 지낸다. 개인적으로 거의 연락하지 않는다. 만약 내가 지금 당장 U에게 전화를 하면 나는 U가 정말 기쁘게 전화를 받을 거라는 걸 안다. 나 역시 U가 전화를 해오면 기쁘게 받을 것이다. 하지만 우리는 그저 단체 카톡방에서 만나면 서로 반갑게 대화할 뿐이다. 그런데 난 이게 좋은 것 같다. 이게 우리에게 맞는 거리라고 생각해서다. 서로를 곁에 두기에 가장 적절한 거리. 우리는 원래 많이 다른 사람인데 환경이 달라지니 더 달라졌다. 가치관도 다르고 성향도 다르고 우리를 행복하게 하는 조건도 다르다. 그럼에도 우리는 서로를 친구로 계속 두고 싶고, 또 서로에게 정을 느낀다. 그러니 역시, 이 정도 거리가 딱 좋다.

서로에게 가장 편한 거리를 찾아 그 거리를 사이에 두고 지내는 것이 난 좋다. 나를 찌그러뜨리면서까지 남과 가깝게 붙어 있을 이유는 없다. 내가 찌그러지면 나와 붙어 있는 그 사람도 찌그러진다. 대신 조금은 거리를 두고 서서 서로를 그 모습 그대로 인정하며 살아가는 사이. U와는 이런 사이로 오래도록 남고 싶다.

어른스러운 어른은 되지 못했지만

어린 시절의 난, 어른이 별로 되고 싶지 않았다. 그렇다고 어린이로 평생 남아 있고 싶던 건 아니지만, 또래 친구들처럼 얼른 어른이 돼서 "하고 싶은 것도 다 하고", "자유롭게" 살게 되길 바라지도 않았다는 말이다. 어린 내 눈에 어른들이라고 해서 그다지 하고 싶은 걸 하며 사는 듯 보이지 않았고, 또 자유로워 보이지도 않았다. 어른들이 뭔가 엄청 대단해 보이지도 않았다. 그들은 슈퍼맨도 슈퍼우먼도 아니었고, 어떤 의미에서든 '커' 보이지 않았다.

어쩌면 나는 존경할 만한 어른을 찾아다녔는지도 모르겠다. 하지만 없었다. 나를 사랑해주고, 내가 따르는 어른은 있었지만, 존경은 글쎄. 나도 저렇게 살고 싶다, 나도 저런 어른이 되고 싶다, 에 해당하는 어른은 내 눈에 보이지 않았다. 내 눈에 비친 어른들은 누구 하나 제외할 것 없이 다 조금은 절망하고 있는 듯 보였다. 절망이란 단어를 모를 때도 나는 그들이 절망하고 있다는 걸 알았다. 그러지 않고서야 그들이 그렇게 하염없이 술을 마시고, 서로의 말꼬투리를 잡으며 싸우고, 상대를 탓하고, 인생을 탓할 리 없었다.

그즈음 알게 됐다. 어른스러운 어른은 아무나 될 수 있는 게 아니구나. 눈이 바다처럼 깊은 현명한 어른, 언제나 한 손에 삶에 관한 진실 하나쯤은 들고 있는 어른은 책에서나 만날 수 있는 거구나. 나이만 한 살 한 살 차곡차곡 먹는다고 해서 존경할 만한 어른이 되는 것은 아니구나. 우리는 대개 그냥 멋지지 않게, 평범하게 나이 들어 가는구나. 아마 나도 그렇게 나이 들어 갈 테지.

그렇기에 나는 내가 어른이 된다고 해서 '어른이'를 크게 벗어나지 않으리라는 걸 애초에 알고 있었다. 나이가 서른이 넘고 마흔이 넘는다고 해도 나 하나 바로 세우는 방법조차 못 찾을 게 뻔했다. 나 자신도 이해하지 못하는데 타인을, 세상을 속속들이 이해하지 못할 것도 역시 뻔했다. 인간관계에서의 어려움도 잊을 만하면 겪을 테고, 편협하고 비겁한 자기 자신을 외면하려다가 어쩔 수 없이 마주 보기도 자주일 터였다.

어른이 되고 보니, 역시 나는 그런 어른이 돼 있었다. 멋지지 않은 어른. 어른스럽지 않은 어른. 하지만 그렇다고 내가 나에게 실망했을까. 아니. 어른스러운 어른이 되기란 원래 어려운 건데, 뭐.

그런데 막상 어른이 되니 하나 달라진 게 있었다. 어른을 보는 시선이었다. 어린이의 눈엔 하염없이 작아 보이던 어른들이 어른이 되어 보니 도리어 이제는 커 보인다. 그들이 매일마다 이뤄내는 작은 기적이 내 눈에는 보인다. 어제와 똑같은 오늘을 살아내기 위해 끊임없이 마음을 다잡고 있는 모습이 보이고, 세상과 타인에게 받은 상처를 가족에게 전가하지 않기 위해 악착같이 표정을 관리하는 모습이 보이고, 자기 자신을 포기하지 않고 사랑하기 위해 부단히 애를 쓰는 모습이 보인다.

나는 이제 죽지 않고 살아간다는 것엔 관성이 아닌 용기가 필요하다는 걸 안다. 세상에 태어나 수십 년을 살아오며 이런 저런 상처에 살갗이 쓸리고 때론 살점이 떨어져 나갔어도 끝까지 자기 인생을 내팽개치지 않았다는 것이 얼마나 대단한 일인지도 안다. 이제 나는 버티는 것이 용기고, 인내하는 것이 용기며, 이 용기의 밑바탕엔 자기 자신과 타인을 향한 사랑이 있다는 걸 안다. 이런 모습들이 투박하게 드러나는 것이 인생이라는 것도. 물론 이런 어른의 모습에 혀를 차는 어린이들이 많을 거라는 것도 안다. 그들이 보기에 우리의 삶은 전혀 멋지지 않은 삶일 테고, 나는 저렇게 살지 않을 테다, 주먹을 불끈 쥐게 하는 삶일 테다. 그런데, 꼬맹이들, 이것 하나만 기억해. 너희 키가 우리만큼 크면, 너희도 우리를 조금은 이해하게 될 거야. 물론 난 너희가 나보다 훨씬 멋진 어른스러운 어른이 되길 바라지만 말이야.

누군가가 미워지면 내가 하는 일

얼마 전, 친구가 한 남자를 좋아하게 됐다는 소식을 알려왔다. 친구가 카톡으로 보내준 사진에서 그 남자는 친구 옆에 마감 처리 잘된 의자처럼 단정히 서 있었다. 착하고 말끔하게 생긴 남자였다. 그날의 대화 이후 3주가 지난 어느 날, 나는 친구에게 물었다. 아직도 그 남자를 보면 가슴이 뛰는지, 계속 혼자 좋아할 건지. 그런데 친구가 이렇게 대답해오는 것 아닌가.

"이젠 그 사람을 봐도 아무렇지 않아. 하나님께 빌었거든. 제발 그 사람을 향해 뛰는 이 마음을 거둬가 달라고."

다른 것도 아니고 좋아하는 마음을 거둬가 달라니. 도대체 왜 그런 것이냐 물으니 친구가 대답했다.

"혼자 좋아하는 마음이 너무 힘들어서 생활이 안 됐어. 아무것도 못하겠더라고."

그래도 누군가를 좋아하게 되기가 얼마나 힘든지 잘 아는 나는 친구가 기도까지 해가면서 마음을 거둔 게 못내 아쉬웠다. 그러면서도 충분히 이해할 수는 있었다. 나 역시 누군가를 혼자 좋아할 때 그 마음이 감당 안 돼 얼마나 애를 끓였었는지. 그러다 그 마음이 점차 사그라들기 시작하면 얼마나 안도했었는지. 감당 안 되는 마음을 품고 있기가 얼마나 버거운지 나 역시 잘 아니까.

짝사랑하는 마음만큼이나 내가 힘들어하는 마음은 누군가를 미워하는 마음이다. 누군가 미워지기 시작하면 내 일상은 하루아침에 지옥이 된다. 그 사람이 내게 한 말과 행동이 하루에도 수십 번, 수백 번 반복 재생된다. 그럴 때마다 내 감정은 속수무책으로 날뛴다. 누군가를 미워할 땐 절대 평온한 마음으로 살아갈 수 없다는 것, 누군가를 미워하는 건 내가 나의 일상을 짓밟는 행위라는 것, 나는 몇 년 전 누군가를 끔찍이 미워하면서 깨닫게 되었다.

이 깨달음을 얻고부터는 누가 미워지기 시작할 것 같으면 얼른 마음을 중화하는 작업에 돌입한다. 명상을 시도한 적도 있다. 하루 한 시간 명상이 그를 미워하는 내 마음을 잠재워 주길 바라며. 하지만 수련 초보자가 명상을 통해 마음의 방향을 바꾸기는 거의 불가능한 일 같았다. 그래서 다음으로 시도한 것이 나를 돌아보는 시간을 갖는 거였다. 내가 했던 말과 행동 돌아보기. 내 말과 행동은 옳았나. 그가 그런 말을 한 건, 내가 언젠가 그에게 했던 그 말 때문이지 않을까. 그의 행동의 원인에 나의 행동이 있지 않을까.

그 사람이 그렇게 말을 한 원인에 내가 있다면, 나는 그 사람을 미워할 자격이 없는 것이 됐다. 왜냐하면 '선빵'을 날린 건 나였으니까. 자고로 "너가 먼저 그랬잖아!"라는 말을 들은 '너'는 우선 미안해해야 하는 게 도리니까. 나를 돌아본 끝에 '나도 잘한 게 없네'라고 판명되면 나는 홀가분하게도 그 사람을 미워하는 마음을 털어낼 수 있었다. 그러자 신기하게도 정말 마음에 서서히 평온이 찾아왔다. 그리고 이 방법은 거의 모든 경우에 성공했는데, 당연히 나는 늘 실수를(잘못을) 하는 사람이었기 때문이다.

상황 파악 못하고 상대의 상처를 건드리는 말을 내뱉기도 하고, 내 기분 풀자고 상대의 감정에 일부러 무지해지기도 한다. 이것뿐일까. 내 어려운 사정을 털어놓다가 상대의 사정을 고려하지 못하기도 하고, 말을 하다 보면 내가 뒷담화하고 있는 그 사람과 내 앞에 앉아 있는 사람이 묘하게 닮아 있기도 하며(이럴 때의 당혹스러움이란!), 어느새 정신을 차려 보면 내가 상대의 결점을 낱낱이 지적하고 있기도 하다. 그들이 나를 미워할 이유가 충분한 선빵들.

물론 나는 잘못한 게 하나도 없는데 상대가 '선빵'을 날리는 경우도 있다. 자기도 모르게 날린 것이든, 의도를 갖고 날린 것이든, 맞은 나는 너무 아파서 시름시름 앓는다. 나는 상처

받았다. 그러니 그 사람을 미워해야 하겠다. 하지만 그 사람을 미워하는 일이 내겐 너무 힘든 일이 될 게 뻔하다. 그러면 어떻게 해야 할까. 이런 상황을 위해 준비해놓은 방법도 하나 있다. 아래의 문장을 떠올리는 것이다.

"그 사람을 계속 미워할 것이 아니라면 미워하지 마라."

잠시 미워하다가 다시 예전처럼 돌아갈 것이라면, 애초에 미워하지도 말기. 하지만 그 사람을 영원히 미워하겠다 싶으면, 단호히 미워하기. 위의 문장은 언젠가 행복에 관한 책을 읽다가 찾은 아래의 문장을 내 마음대로 변형한 것이다.

"언젠가 풀릴 화라면 화를 내지 마라."

풀릴 화라면 내지 말고, 없어질 미움이라면 미워하지 말기. 내가 나의 일상을 평온하게 유지하기 위해, 괜한 감정 쓰레기를 안고 살아가지 않기 위해, 나는 시시때때로 위의 두 문장을 기억해낸다.

물론, 이렇게 생각한다고 미워하는 감정이 매번 하루아침에 사라지진 않는다. 다만, 적어도 그가 미워졌다고 해서 함부로 말을 하는 상황은 확실히 덜 만들게 된다. 이렇게 했는데도 계속 미운 사람이 있다면 어떻게 해야 할까. 안녕, 이제 그만 만나, 영원히 바이 바이 해야지. 미워하는 사람을 마음에 담아두고 살기엔 우리 삶은 너무 소중하고, 너무 짧고, 너무 연약하니까.

그 사람을 오래 봐야 알겠다

애가 있는 친구들은 먼저 집에 들어가고, 애도 없고 남편도 없고 시간만 있는 셋만 남아 수다를 떨던 밤이었다. S가 먼저 '나는 사람을 보는 순간 그 사람이 어떤 사람인지 바로 알아맞힐 수 있지'라며 자랑해왔다. 오랜 시간 은행에서 고객을 만나다 보니 절로 생긴 능력이라고 했다. 나는 S의 말을 들으며 속으로 고개를 연신 갸우뚱댔다. 무슨 말인지 도통 이해가 되지 않아서. 아니, 어떻게 보자마자 그 사람이 어떤 사람인지 바로 알아맞힐 수 있단 말인가, 도대체 어떻게!

나는 S의 말이 난해한 수학 공식처럼 어렵기만 했다. 그래서 뭐라 대꾸도 못하고 말없이 잠자코 앉아 있는데 이번엔 Y가 등판했다. Y는 S가 말을 시작하자마자 S가 앞으로 어떤 식으로 풀이를 할지 뻔히 알겠다는 듯이 S가 다음 문장을 말하기도 전에 계속 먼저 고개를 끄덕였다. 어린 시절부터 남 눈치 보는 데엔 도가 텄던 Y 역시 '사람을 보면 그 사람에 관한 판단이 딱 서는데, 이 판단이 틀린 적이 거의 없다'고 말했다. 아니, 도대체, 어떻게!

"그게 어떻게 가능해? 사람을 보자마자 그 사람이 어떤 사람인지 어떻게 알게 되는 건데?"

Y가 S 쪽으로 가 있던 시선을 오랜만에 내게 던지며 말했다.

"그냥 알게 되는 거야. 네가 둔해서 모르는 것뿐이고."

나는 어이가 없어서 되받아쳤다.

"내가 둔하다고?"

Y가 웃으며 고개를 살랑거렸다.

"넌 어떨 때 보면 참 둔해."

한순간에 둔한 사람이 된 나는 벙찐 표정으로 두 사람을 쳐다봤다. 사람을 한눈에 파악하지 못하면 둔한 사람이 되는 현실이 원망스러웠다. 나는 남을 불편하게 할지언정 예민한 사람이길 원하고, 이 세상은 예민한 사람들이 욕을 들어가며 한 마디, 한 마디 내뱉은 말들에 의해 조금씩이나마 나아진다고 철석같이 믿어온 사람인데, 내가 둔하다니! 그렇다고 예민해 보이기 위해 '실은 나도 너희를 본 순간 너희가 어떤 사람인지 한눈에 알았다'며 거짓말을 할 수는 없었다. 그래서 그냥 궁금증이나 풀 겸 예민한 친구들에게 물었다.

"그런데 말이야. 그럼 너네는 첫 판단이 옳았다는 걸 어떻게 알아? 너희가 그 사람을 처음 본 날 하필 그 사람이 5년 사귄 애인에게 차였을 수도 있잖아. 그날의 그 사람은 예외적인 그 아니었을까? 안 그래?"

내가 뭔가를 꼬치꼬치 물을 때면 늘 침묵을 지키던 S는 이번에도 침묵을 지켰고, 언제나 무슨 말에든 어떻게든 대답할 수 있는 Y는 이번에도 입을 뗐다.

"그럴 수도 있지. 그렇게 논리적으로 따지고 들면 우리가 틀릴 수도 있어. 그런데 이건 직관 같은 거라서 말이야. 우리에겐 이미 축적된 통계가 있어서 어떤 사람을 보면 통계를 바탕으로 계산한 결과값이 딱 나오는 거거든. 그러니 어떻게 이렇게 되는지는 우리도 잘 모르지만 그래도 설명해보자면……."

Y는 풀이 과정을 친절하게 설명했는데, 나는 그 풀이 과정을 어느 정도 신뢰할 수 있었다. 정말이지 셜록 홈스나 FBI 행동 전문가나 돼야 사람을 매와 같은 눈으로 파악하는 건 아닐 것 같았다. 늘 사람을 대하며 일하는 사람들에게도 그들을 달인으로 만드는 어떤 능력이 분명 발달할 터였다. 그러니 친구들의 직관은 인정받을 만하고, 또 존중받을 만하다는 생각이 들었다.

그럼에도 둔한 나는 여전히 아리송했다. 아무리 생각해도 인간은 그리 단순한 존재가 아니라는 생각이 들 뿐이었다. 특정 시기에 특정 시간 동안 특정 행동을 한다고 해서 그를 어떤 유형으로 특정할 순 없는 것 아닐까. 우리에겐 누구에게나 훤히 보이는 앞면이 있고, 그 외에 옆면, 뒷면, 윗면, 아랫면이 있으니까. 그 어떤 사람도 한순간에 자신의 모든 면을 왕창 쏟아낼 순 없다. 그 사람이 지니고 있는 모든 면은 시간이 흐르는 동안 조금씩 그 사람에게서 흘러나온다. 바로 이런 점

때문에 우리는 기대감을 안고 어제 만난 그 사람을 오늘 또 만나는 것 아닐까.

소설 덕후인 내 입장에서 생각해보건대 친구들의 말은 이렇게 변형할 수도 있었다.
"나는 조르바가 첫 등장한 순간 그가 어떤 사람인지 한눈에 알 수 있었지."라고.
니코스 카잔차키스가 클리셰 범벅인 전형적인 인물을 즐겨 만드는 소설가가 아니고서야, 이럴 수는 없는 법. 우리는 조르바와 마지막 인사를 하고 나서야 그에 관한 종합적인 판단을 내릴 수 있을 뿐이다. 소설 속 인물을 따라가다 보면 그들은 매일마다 작은 반전을 만들어가며 살아가는 사람들이라는 걸 알게 된다. 그들은 착한 사람인 동시에 나쁜 사람이며, 오늘은 슬펐지만 내일은 기쁜 사람이며, 이곳에선 세상에서 제일 재수없는 사람인데 저곳에선 처음 보는 이를 위해 온정어린 손길을 내밀 수 있는 사람이다. 우리도 그렇겠지.

나를 처음 본 순간, 사람들이 저마다 느낀 인상도 참 여러 가지였다. 지금껏 내 첫인상에 관해 들었던 가장 재미있는 말이 이거였다. '클래식을 좋아할 것 같은 A형 여자.' 클래식을 잘 모르는 O형 여자인 내가 누군가에게는 고급 취향을 지닌 단아한 여인으로 보였나 보다. 처진 눈매 때문에 무턱대고 순하게 보는 사람도 많았다. 그러다 나중에 내 성격을 알곤 깜짝들 놀랐겠지? 덤덤한 태도로 무표정하게 있길 잘해서 차갑게 보는 사람도 역시 많았다. 그러다 나중에 나의 따뜻함을 눈치챈 사람도 많았겠지? 내가 마음도 편하고 너무나 즐거워서 시종 웃고 있을 때 날 본 사람은 나를 더없이 대하기 편한 사람으로 판단했다. 이런 사람들이 불편한 상황에서의 나를 보면 얼마나 딴사람 같다 생각할까?

사람을 오래 봐야 그 사람이 어떤 사람인지 조금 알 것 같다. 그들에게서 새로운 면은 꾸준히 발견된다. 어떤 이는 볼 때마다 조금씩 새로워지고, 어떤 이는 만난 지 일 년 만에 슬그머니 낯선 모습을 드러내며, 어떤 이는 십 년 만에 완전히 새로운 사람이 돼서 나타난다. 같이 사는 가족에게서도 새로운 면은 계속 발견된다. 이야기를 나누다 보면 "정말? 정말 그렇게 말한 적이 있다고?" 하며 놀라게 된다. 그래서 나는 어떤 사람을 지금 내가 보는 그 모습만으로 판단하지 않으려 한다. 아니, 판단하질 못하겠다. 나는 지금 그 사람의 작은 일부분을 보고 있는 걸 테니까. 그 역시 다른 사람들과 마찬가지로 앞, 뒤, 옆, 위, 밑면을 지닌 보통의 사람일 테니까.

2

나에게 결혼은 짜장면 같은 것

밤에는 택시를 못 타서요

6년 전쯤이었다. 선생님과 나는 합정역 근처 막걸릿집에서 막걸리를 마셨다. 선생님은 내가 알고 있는 사람 가운데 가장 책을 많이 읽는 분, 가장 많은 걸 아는 분이었다. 선생님을 보고 있으면 지성인으로 사는 삶의 고됨이 느껴진다. 늘 세상을 향해 촉각을 곤두세우고 살아야 하는 삶. 세상에 떠도는 중요한 말들의 의미를 이해하고, 이해한 끝에 나름의 방식으로 해석하고, 새로운 지식을 얻게 되면 기존의 해석을 다시 점검하는 일이 선생님의 일상인 듯했다.

그날 내가 선생님을 찾은 건 조언을 부탁하고 싶어서였다. 최근에 만난 그 편집자와 책을 내도 되겠는지, 나는 선생님에게 물었다. 내가 쓴 원고를 마음에 들어하는 편집자가 있었다.

대형 출판사에서 7년간 일을 했고 조만간 독립을 할 건데, 독립하게 되면 내 원고로 책을 내자고 했다. 그런데 하나 조건이 있다고 했다. 책이 나오면 책의 일정 분량을 저자인 내가 사줄 것. 책을 내기로 마음먹고 글을 쓴 것도, 투고를 한 것도, 출판사 편집자와 만난 것도 모든 게 처음인 나로선 지금이 상황이 어떤 상황인지 알 수가 없었다. 그래서 선생님에게 물은 것이다. 저 계약해도 될까요?

선생님은 하지 말라고 했다. 그렇게 시작하지 말라고 했다. 좀 더 기다려보라고 했다. 나를 더 대우해주는 출판사를 만나라고 했다. 좋은 출판사는 작가에게 그런 부담을 지우지 않는다는 거였다. 나는 선생님 말을 따랐고, 그래서 결과는? 나를 대우해주는 출판사를 만나지 못해 그 원고는 포기했다!

그날 선생님과 막걸리 두 통을 두세 시간에 걸쳐 마셨다. 나보다 나이가 많이 많은 어른과 이렇게 독대를 한 건 처음이었다. 그런데 신기하게도 자연스럽게 대화가 됐다. 선생님 덕분이었을 것이다. 선생님은 아무리 나이 어린 제자라 해도 꼬

박꼬박 존댓말을 쓰는 분이었고, 또 우리가 선생님 연배의 어른에게 기대하는 태도보다 훨씬 유연한 태도를 지니셨다. 나는 선생님이 상대방에게 '내가 너보다 많이 알아, 그러니까 내 말 들어.'라는 투로 이야기하는 걸 들은 적이 없다. 아재개그를 단행하곤 혼자 민망하게 웃음을 터트리는 게 더 어울리는 분이었다.

그렇게 선생님과 즐거운 대화를 하다가 문득 시계를 보니 시계가 가리키는 시간이 11시 10분이었다. 나는 깜짝 놀라 두부김치로 향하던 젓가락을 내려놓고 선생님에게 말했다.

"쌤, 죄송해요. 저 이만 일어나봐야겠어요. 시간이 이렇게 됐는지 정말 몰랐어요. 제가 밤에는 택시를 못 타서 꼭 지하철을 타야 하거든요. 지금 일어나도 괜찮을까요?"

지금 나가면 합정역에 11시 20분쯤 도착할 것이었다. 25분쯤 지하철을 탄다고 하면 집 근처 역에 55분쯤 도착하게 될 테고. 그러면 난 죽어라 버스정류장으로 뛰어가겠지. 운이 좋으면 막차 또는 막차 전 버스를 탈 수 있겠다. 선생님은 내가 말을 하자마자 용수철처럼 튕기듯 일어나더니 얼른 계산을 하고는 나와 함께 합정역으로 달리기 시작했다. 나 혼자 달려도 되는데, 라고 생각하며 나는 얼떨결에 선생님 뒤를 따라 달렸다. 선생님은 합정역 앞에 나를 무사히 데려다 놓고는 얼른 가라고 손짓하셨다. 나는 지하철을 탔고, 버스도 탔고, 집에 도착했다. 선생님께 카톡으로 '무사 도착'을 알리자 선생님은 "푹 쉬세요." 하고 답장을 해왔다. 그리고 몇 개월이 지나, 그날 선생님과 나 사이에 약간의 오해가 있었다는 걸 알게 되었다. 그러니까 선생님은 나와 함께 달려주면서도 내 말을 의심하고 있었다는 것.

선생님은 그날 내가 집에 빨리 들어가려고 택시 핑계를 댄 줄 알았다고 하셨다. 그런데 몇 개월 후 내가 페이스북에 다음의 글—친구들하고 놀다가 첫차 타고 집에 가는 중. 밤에 택시 타기 무서워서 친구들 붙잡고 밤새 같이 놀자고 조름—을 남기자 그제야 그때 내가 거짓말을 한 게 아니라는 걸 알게 되었다는 거였다. 친구들하고 24시간 카페에서 밤새 수다를 떨다가 첫차를 타고 집에 오면서 올린 글이었다.

오해의 이유는 분명했다. 선생님은 밤에 택시를 타는 게 왜 무서운지 짐작도 못하셨던 거다. 선생님의 세계에선, 그러니까 남성의 세계에선, 짐작도 못할 두려움이었던 거다. 그때 선생님의 솔직한 말을 듣고 나는 조금 멍해졌다. 내 일상을 지배한다고까지 할 수 있는 두려움이 누군가에겐 짐작도 못할 무엇일 수 있다는 사실에. 그리고 내가 두려워서 한 다급한 행동이 누군가에겐 그저 핑계로 오인될 수 있다는 사실에.

무엇보다 가장 놀란 건, 선생님이 그간 읽은 그 수많은 책들엔 여성이 일상에서 느끼는 두려움에 관한 문장이 단 하나도 없었다는 것이었다. 그렇기에 인간의 근원적인 두려움을 깊이 이해하는 선생님이 여성의 근원적 두려움은 얕게도 이해하지 못하는 것이겠지. 선생님의 말을 듣고 나서 나는 그간 이 세상이 쏟아낸 수많은 문장들을 떠올렸고, 과연 그 문장들 가운데 여성인 나의 불안과 두려움을 이해한 문장이 얼마만큼일지 막연히 가늠해보았다. 턱없이 적은 양이라는 것은 굳이 따져보지 않아도 알 수 있었다. 어쩌면 나는 지금껏 세상의 반쪽만을 드러낸 책, 그러면서 세상의 전부를 드러낸 듯 굴었던 책, 나와 깊이 연결되지 못한 책들만을 읽어온 건 아닌지, 하는 생각이 들었다.

제 외모에 대해 말하지 말아주세요

회사에 들어간 지 3년. 지난 3년간 스트레스가 쌓이고 쌓여 더는 건전한 방법으로 스트레스를 풀 수 없던 때였다. 나는 많이 먹기 시작했다. 퇴근을 할 때면 지하철 네다섯 정거장 전에서 내려 집까지 걸어가며 먹었다. 주로 빵을 먹었다. 전엔 좋아하지도 않던 빵이 왜 그렇게 먹고 싶던지. 그렇게 몇 개월을 보내고 나니 살이 엄청 쪘다. 48킬로그램쯤 되던 몸무게가 어느새 60킬로그램쯤으로 불어나 있었다.

살이 쪄가는 도중에는 내가 살이 얼마나 쪘는지 잘 알지 못했다. 일부러 모른 척한 걸 수도 있다. 어느 날 보니 내가 가지고 있는 모든 옷이 맞지 않았다. 서둘러 크고 펑퍼짐한 옷을 몇 개 샀다. 그 옷을 돌려가며 입고 다녔다. 원래 있던 스트레스에 살이 쪘다는 스트레스가 얹혀져 무지막지한 스트레스를 받으며 살아가고 있었지만, 그렇다고 내가 할 수 있는 건 하나도 없다는 생각에 나는 계속 먹었다. 살이 점점 더 쪄갔다.

펑퍼짐한 옷을 입고 빵을 먹으며 퇴근을 하는 일이 반복되던 어느 날 저녁이었다. 100명이 족히 넘는 동료가 함께 야근을 하고 있는 사무실에서였다. 지금은 기억나지 않는 이유로 나는 자리에서 일어나 있었고, 그때 그룹장이 복도를 지나가다가 내 파티션 앞에 와서 섰다. 사투리 섞인 큰 목소리로 눈을 부라리며 말하는 것이 특징인 그룹장이 나를 힐끗 쳐다보더니 가뜩이나 큰 목소리에 더 힘을 주고선 이렇게 말했다.
"보름아, 너 왜 이렇게 살이 쪘냐."

나는 물론 놀랐고, 순간적으로 어떻게 대처해야 할지 머리를 굴렸으며, 결과적으로는 대답 대신 열게 웃고 말았다. 그룹장의 목소리엔 장난기가 섞여 있었지만, 그럼에도 그가 하려는 말은 분명했다. 보름아, 살 좀 빼라. 내가 아무 대답 없이 그냥 서 있자 그는 큰 눈을 한번 찡긋하더니 가던 길을 계속 갔다. 나는 조용히 자리에 앉았다. 하던 일을 계속 하기 위해 키보드에 손을 올리자 뒤늦게 얼굴이 뜨거워졌고, 몸과 마음의 질서가 뒤죽박죽됐다.

그날 야근을 끝내고 친구 J, K와 함께 회사 정문을 나설 때였다. 문을 나선 순간 나는 목도리에 얼굴을 파묻고 윽윽 울기 시작했다. 몇 시간 동안 누르고 누르던 어떤 감정들이 한번에 터져 나온 거였다. 우는 나도 놀라고, 친구들도 놀랐다. 이렇게 울어버릴 걸 어떻게 참고 있던 걸까. 나보다 더 놀란 친구들은 양옆에서 내 팔을 잡고는 나를 건물 구석 의자로 끌고 가 앉혔다. 그러고는 내가 우는 모습을 끝까지 지켜봐주었다. 얼마나 울었을까. 울고 났더니 어딘가 시원해지기도 하고 민망하기도 해서 웃음이 나왔다. 나는 퉁퉁 부은 눈으로 친구들을 향해 웃으며 "이렇게 울어본 지도 정말 오랜만이다." 하고 말했다. 친구들도 내가 웃는 모습을 보자 마음이 놓이는지 같이 웃어주었다.

시원하게 울고 나서야 몇 시간 전에 나에게 벌어진 일에 관해 차분히 생각해볼 수 있었다. 왜 내가 그런 소리를 들어야 하는 건지 황당했고, 왜 내가 아무 대꾸도 못한 건지 억울했다. 지금이라도 너에게 그럴 권리가 어디 있느냐고 말을 하고 싶었다. 사람들 앞에서 내 몸을 웃음거리로 만들 권리가 너 까짓것한테 있느냐고 따지고 싶었다.

실컷 운 그날 이후로 얼마간, 나는 과거를 헤집으며 여러 기억을 골라냈다. 대학교 1학년 때였나. 학교에 처음으로 반바지를 입고 간 날이었다. 그날 나는 단지 반바지를 입고 갔을 뿐인데, 마치 내 다리를 사람들에게 전시한 꼴이 되어버렸다. 원치 않던 '다리 평'이 쏟아졌던 것이다. 한 두 명이 아닌 여럿이 마치 천부인권을 누리듯 자연스레 내 다리를 평가했다. 얼굴보다 다리가 낫다는 둥, 다리가 예쁘다는 둥, 하얗다는 둥. 그날 집으로 돌아와 나는 반바지를 서랍 깊숙이 넣어놓고 한동안 입지 않았다. 다시 사람들에게 내 다리를 전시할 엄두가 나지 않았다.

어느 여름날엔가는 동기 하나가 내 얼굴을 빤히 들여다보더니 이렇게 말했다. "으, 너 모공 보여." 마치 내 얼굴에 김이 묻었으니 얼른 떼어내라는 말투였다. 여자 얼굴엔 결코 모공이 있어선 안 된다는 듯. 자기 얼굴엔 모공이 덕지덕지 있어도 된다는 듯. 나는 순간 너무 당황스러워 그의 무례를 지적하지도 못했다.

대학을 졸업한 이후에도 사람들의 '외모 평'은 계속됐다. 살이 빠지면 빠졌다고, 찌면 쪘다고, 나도 아는 사실을 굳이 내게 알려오는 사람들이 있었다. 오랜만에 만난 그 사람의 첫마디는 "살쪘네?"였다. 불룩 나온 본인의 배는 도대체 뭐란 말인지. 어떤 사람은 내 얼굴을 무례하게 빤히 쳐다보고는 눈썹 털 정리가 안 됐다며 지적해오기도 했다. 여자라면 눈썹 정리 정도는 해야 하는 것 아니냐는 말투였다. 그는 내가 지금껏 본 사람 중에 털이 가장 많은 사람이었다. 도대체 왜 사람들은 이리도 쉽게 타인의 외모에 관해 말을 하는 걸까. 그들에겐 어떤 권리가 주어진 걸까. 정말 인터넷 댓글에서 자주 보듯이 그들 집엔 거울이 없는 걸까. 그런데 하나 우울한 사실은, 내 외모를 지적한 동기, 선배, 지인들에겐 악의가 없었다는 것이다. 심지어 다 내가 좋아하던 사람들이었다. 그토록 무지하고 무례한 말을 그토록 아무렇지 않게 할 수 있는, 이 세상 모든 선량한 사람들.

펑펑 운 그날 이후 나는 그룹장이 내 몸에 관해 다시 한번 말을 꺼내리라 예감했다. 그런 사람들은 자기가 뭘 잘못했는지 모르기 때문에 같은 실수를 반복한다. 고깃집 회식이 끝나고 문을 나서던 순간이었다. 그는 문 앞에 서 있던 나를 쳐다보더니 기어코 또 내게 왜 그렇게 살이 쪘냐며 큰 소리로 말을 걸었다. 그의 말이 떨어지기 무섭게 고깃집 밖에 서 있던 사람들과 고깃집을 나서던 사람들이 내 몸을 다 함께 훑었다. 나는 이번엔 웃지 않았다. 대신 그의 눈을 보며 "제 외모에 대해 말하지 말아주세요." 하고 말했다. 그는 당황한 듯 나를 쳐다봤고, 이후 다시는 실수하지 않았다. 다행히 그 정도는 되는 사람이었다.

이후로 퇴근길에 무언갈 사 먹는 습관은 끊었다. 먹지 않고 걷기만 했다. 그때 내가 얼마나 빨리 살을 뺐는지는 기억나지 않는다. 아마 몇 개월 후쯤엔 이 정도면 됐다 싶은 정도로는 뺐을 것이다. 대신 나는 다양한 방법으로 스트레스를 풀었다. 일드, 미드, 한드를 정주행하고, 회사 동료들과 퇴근 후 술을 마시고, 화가 나면 농담과 뒷담화를 적절히 나누면서 계속 회사 생활을 해나갔다. 시간이 지나면서 스트레스에 무뎌지기도 했다. 받아들이게 되는 면도 많았다. 그룹장을 신경 쓰지 않게도 됐다. 그룹장도 그랬던 것 같다. 내가 회사를 그만둔다고 했을 때 그는 나를 붙잡는 시늉도 해줬다.

타인의 시선에서 자유로운 옷차림

나는 옷을 잘 입지는 못했지만, 옷에 관심이 없지는 않았다. 그때그때 유행하는 아이템이 뭔지는 알아차릴 만큼의, 그 아이템 중 한두 개 정도는 소유할 만큼의 관심이었다. 어딜 가든 내 나름으로는 옷을 차려입었다. 심지어 집 앞 슈퍼에 갈 때도. 엄마는 콩나물 한 봉지를 사 오라고 말했을 뿐인데 나는 어디 강남에 놀러 나가는 사람처럼 옷을 입었다. 그렇게 머리까지 단정하게 정리하고는 슈퍼에 가서 콩나물을 사 왔다.

어차피 옷차림으론 누구도 매혹하지 못하는 나였지만, 나만큼은 늘 내 옷차림이 신경 쓰였다. 이 티셔츠나 저 티셔츠나 비슷한 스타일에 비슷한 실용성을 지니고 있었지만, 어제는 꼭 이 티셔츠를 입고 나가야 했고, 오늘은 꼭 저 티셔츠를 입고 나가야 했다. 마음에 드는 티셔츠가 없어서 대충 아무 티셔츠나 입고 나간 날엔 하루 종일 기분이 나빴고 황당하게도 부끄러운 마음이 들었으며 어쩔 줄 몰라 했다. 이런 날엔 최대한 빨리 할 일을 끝내고 얼른 집으로 돌아왔다.

봄이 오면 그해에 나온 신상 봄옷을 사야 했고, 여름이 오면 역시 그해에 나온 신상 여름옷을 사야 했다. 옷을 많이 사는 편은 아니었지만 그래도 나름의 감각을 발휘해 청바지도 스타일 별로 장만해뒀다. 엄마와 언니는 내 청바지를 보며 궁금해했다. "도대체 이거랑 저거랑 차이점이 뭔데? 내 눈에는 다 똑같아 보여." 나는 색이 다르고 형태가 다르고 핏이 다르다고 설명했다. 그리고 브랜드도 다르다고.

남에게 내가 어떻게 보이는지 끊임없이 신경 쓰던 때였다. 옷차림을 이용해서라도 괜찮은 사람처럼 보이고 싶은 마음. 그런데 차차 이런 마음이 옅어지게 된 건(아예 없어졌다고는 말 못 하겠지만), 어쩌면 친구 E의 말대로 정말 나이 때문인지도 모르겠다. 언젠가 E는 홀가분한 목소리로 말했다.

"나는 나이 드는 게 정말 좋아. 신경 쓰던 것들에서 놓여나는 느낌이 이렇게 좋을 줄 몰랐어. 뭘 그렇게 아등바등 다른 사람들의 시선을 신경 쓰며 살았는지 몰라. 나이 드는 게 이런 거라면 앞으로도 계속 기분 좋게 나이 들 수 있을 것 같아."

사르트르의 '타자는 지옥이다'라는 말은 바로 E의 삶을 위해 준비된 말이었다. E는 말 한마디를 할 때도, 행동 하나를 할 때도 타인의 시선을 신경 썼다. 그렇다고 타인 뜻대로 말하고 움직이는 수동적인 성격은 아니었다. E는 내가 아는 한 가장 자기 생각이 강하고 고집이 센 사람이니까. 그래서 늘 부딪혔다. 타인의 시선과 제 안의 욕망이. 그래서 행복하지 않았고 자주 불안해했다. 그런데 나이가 들며 절로 타인의 시선에서 놓여나게 됐다는 말이었다. E는 나이 드는 게 좋다고 했다.

나도 친구처럼 나이가 들며 타인의 시선에서 해마다 조금씩 더 놓여나고 있는 듯하다. 그런데 그게 오로지 나이 하나 때문만은 아닌 것 같다. 그보단 타인의 시선이 나를 위해 존재하는 것이 아니라는 사실을, 너무나도 당연한 이 사실을 이제야 받아들이기 시작했기 때문일 것이다. 다른 사람은 내게 아무런 관심이 없다는 걸 받아들이자 옷을 차려입지 않고는 콩나물도 사러 가지 못했던 내 행동이 코믹하게 느껴졌다.

예전에 본 실험 카메라 내용이 떠오른다. 사람들이 남에게 얼마나 관심이 없는지를 보여주는 영상이었다. 쫄쫄이 옷을 입은 한 남자가 농구장을 돌아다닌다. 농구를 응원하고 있던 커플의 앞좌석에 앉아도 보고, 엉뚱한 행동으로 사람들 시선도 끌어보고. 실험이 끝난 뒤 분명 쫄쫄이 바지를 봤을 법한 사람들 위주로 인터뷰를 하는데, 놀라운 결과가 나왔다. 그들은 쫄쫄이 바지를 기억하지 못하고 있었다. 그들의 관심은 옆에 앉은 일행과 농구에 집중돼 있었기 때문이다.

사람들은 자기 자신에게만, 혹은 자기 자신과 관련한 소수의 것들에만 관심을 기울인다는 사실. 그러니 괜히 나 혼자 타인의 시선에 안달복달하며 그들을 지옥으로 몰아갈 필요 없다는 사실. 좀더 편하게, 느슨하게, 풀어진 채 살아도 된다는 사실. 이 사실을 받아들이자 나는 서서히 손에 잡히는 아무 옷이나 걸쳐 입고 슈퍼에 갈 수 있는 사람이 됐다.

요즘엔 나조차도 놀랄 만큼 정말 편하게 입고 외출을 한다. 아침에 일어나면 세수부터 하는 터라 세수도 안 하고 나간 적은 없지만, 거의 늘 내가 가진 옷 중 가장 편한 옷을 입고 밖에 나간다. 편한 옷만 고집하다 보니 나갈 때마다 같은 옷을 입기도 한다. 그럴 땐 엄마에게 "엄마, 나 교복 입고 나갔다 올게." 하고 말한다. 그러다 보니 가끔 친구에게 이런 말도 듣는다.

"너 예전엔 잘 꾸미고 다녔는데. 어째 맨날 그 옷이냐."

하기 싫은 날엔 화장도 하지 않는다. 화장을 하기 시작한 후론 화장하지 않고 지하철을 탄다는 건 상상도 못 했는데, 이젠 눈썹 정리도 안 하고 지하철에 타기도 한다. 그러다 유리창이나 거울을 통해 나를 보곤 깜짝 놀란 적도 여러 번이다.

와, 나 정말 편하게 나왔구나. 이런 순간엔 나를 지나쳐가는 잘 꾸민 사람들과 습관적으로 나를 비교하곤 당황하기도 하지만, 그러다 곧 다시 이렇게 속으로 되뇐다. 뭔 상관이야, 누가 날 본다고.

편하게 입고 다니다가 기분이 내키면 옷에도 외모에도 신경을 쓰고 외출을 한다. 가끔은 꾸미고 싶은 날이 있다. 이런 날이면 어차피 결코 누구도 매혹하지 못할 솜씨로 발끝부터 머리끝까지 공을 들인다. 어차피 거기서 거기지만 화장도 나름 진하게 해본다. 얼마 전엔 오랜만에 원피스를 입고 외출을 했다. 추웠지만, 기분은 좋았다. 남을 위해 원피스를 차려입을 때보다 나를 위해 원피스를 차려입을 때, 기분이 더 좋다는 걸 느끼는 요즘이다. 타인의 시선에서 벗어날수록 더 자유로울 수 있다는 걸 마음으로 느끼는 요즘이다.

나에게 결혼은 짜장면 같은 것

작년 연말 모임에서였다. 일 년 내내 별다른 연락도 없던 친구들이 연말이라고 오랜만에 모였다. 일 년 만에 만나도 마치 어제 만난 것처럼 전혀 어색하지 않은 중학교 동창들. 만날 때마다 다섯 명 중 한두 명은 꼭 다이어트를 하고 있는 터라 우리는 이번에도 샐러드 뷔페를 찾았다. 누가 듣든지 말든지 하고 싶은 말을 두서없이 쏟다가 잠시 잠깐 침묵이 테이블에 흐를 때, J가 맥락 없이 이런 말을 했다.

"예전에 우리 중학생 때 보름이가 그랬어. 자기는 결혼하면 김치는 사서 먹을 거라고. 그때 우리가 얼마나 말도 안 되는 소리라고 난리쳤게. 그런데 나 요즘에 김치 사서 먹는다."

J는 김치를 사서 먹는 자신의 변화된 생활 방식을 친구들에게 털어놓고 싶었던 모양이었다. 그런데 나는 J의 말을 들으며

그저 나에게 두 번 놀랐을 뿐이었다. 와, 어린애가 선견지명이 있었네. 김치를 사서 먹으려는 생각을 다 하고. 어, 그때는 결혼을 할 생각이 있긴 했네? 그럼 언제부터 결혼에 점점 무감해진 거더라. 나는 J를 보며 물었다.

"내가 그때는 결혼할 생각이 있었네?"

다이어트 중이던 J는 포크로 샐러드를 찍다가 나를 빤히 보며 말했다.

"있었어! 너 결혼한다고 했었어!"

기억이 어렴풋이 나기는 했다. 중학생 시절 친구 방에 둘러앉아 별의별 얘기를 다 했었지. 그때 "우리는 몇 살에 결혼할까?" 하는 누군가의 물음에 내가 "서른두 살." 하고 대답했던 기억이 난다. 그러면 친구들이 "에이." 하며 "그럼 너무 늦어." 하고 면박을 주던 기억도. 확실히 그때만 해도 서른두 살은 결혼을 하기엔 늦은 나이 같았다. 2005년에 방송된 〈내 이름은 김삼순〉에서 삼순이 나이가 서른 살이었으니까. 그러니까 중학생 때의 난 이런 마음을 먹고 있었던 듯하다. 결혼을 해야 한다면 늦출 수 있을 때까지 늦추다가 해야 한다고.

그때 내 말에 면박을 주던 친구 네 명 중 결혼한 친구는 두 명. 나를 포함한 나머지 세 명은 서른두 살이 훌쩍 넘은 지금까지 여전히 결혼하지 않았고, 앞으로도 결혼을 하게 될지는 모르겠다. 친구 하나는 삼십대 초반까지는 죽더라도 결혼은 꼭 하고 죽을 거라더니, 갑자기 몇 년 전부터는 죽어도 결혼만은 하지 않겠다는 비혼주의로 돌아섰다. 또 다른 친구 하나는 몇 년째 연애도 안 하고 살다가 무슨 바람이 불었는지 작년부터 연애와 결혼을 일 년 안에 다 해치울 거라며 벼르고 있다. 그리고 마지막 남은 나는, 결혼에 관해서만은 초지일관한 자세를 유지하고 있는 중이다. '결혼? 하게 되면 하는 거고 안 하게 되면 안 하는 거지, 뭐.'

왠지 결혼을 해야 할 것 같아 조급해지는 나이인 이십대 후반에도 나는 여전히 결혼에 관해 느긋했다. 결혼했다고 행복한 것도 아니고, 결혼 안 했다고 불행한 것도 아닌데 뭐, 하는 생각. 그 시기 결혼 조급증에 걸린 친구에게서 자주 전화가 왔다. 친구는 이렇게라도 떠들어대면 불안이 옅어지기라도 한다는 듯 했던 말을 하고 또 했다. "이 나이에 연애도 안 하고 있는 게 불안해. 이러다 결혼 못할 것 같아 불안해." 그러면 친구와 같은 처지에 놓여 있던 나는 친구를 다독이며 이렇게 말하고 또 말했다. "괜찮아, 생길 거야. 괜찮아, 할 거야." 친구와 통화를 끝내고 나면 피식 웃음이 났다. 친구가 자꾸 잊고 있는 것 같아서. 우린 같은 나이, 그러니까 같은 처지라는 걸.

간혹 왜 결혼을 하지 않았느냐는 질문을 받는다. 그럴 때면 조금 난감해져서 입에서 말이 잘 나오지 않는다. 자연스럽게 흘러온 것들에선 이유를 찾기 어렵기 때문이다. 나는 어떤 엄청난 결심 끝에 결혼을 하지 않은 이 상태에 도달한 것이 아니다. '결혼은 하지 말아야지, 내 눈에 흙이 들어오기 전엔 정말 하지 말아야지.' 하며 노래를 부르며 살아오지도 않았다. 그냥, 결혼을 꼭 해야 하는 것이라고 생각하지 않고 살아왔을 뿐이다. 내게 결혼은 선택할 수 있는 것이었다. 다른 많은 일들처럼 하고 싶으면 하고, 하고 싶지 않으면 하지 않아도 될 무엇이었다.

얼마 전 두 아이를 키우고 있는 친구가 이런 말을 했다.

"나는 왜 꼭 결혼을 해야 한다고 생각했을까. 아이도 그래. 왜 꼭 낳아야 한다고 생각했을까."

나는 물었다.

"왜 꼭 해야 한다고 생각했는데?"

친구는 왠지 조금 당황한 듯 말했다.

"모르겠어. 그냥 너무 자연스럽게 그렇게 생각했던 것 같아. 나이가 찼으니까 해야지, 결혼해야지."

결혼한 사람들은 결혼을 하지 않은 사람들에게 '궁금해서' 물어본다. 왜 결혼을 하지 않았느냐고. 그런데 나 역시 '궁금한 건' 마찬가지다. 왜 결혼을 했느냐고. 정말 궁금하다. 어떻게 결혼을 할 생각을 했을까. 결혼을 하면 행복할 것 같았을까. 그 사람이라면, 내 곁을 영원히 내어줘도 괜찮을 것 같았을까. 그 사람이 있으면, 살아갈 일이 조금 덜 힘들 것 같았을까.

결혼은 내게 짜장면 같은 것이라고 생각한 적이 있다. 사람들은 짬뽕과 짜장면을 두고 뭘 먹어야 할지 고민하다가 짬뽕이

나 짜장면 중 하나를 선택한다. 당연하다. 나도 그렇다. 어떤 사람들은 그날그날 당기는 걸로 짬뽕을 먹을 때도 있고, 짜장면을 먹을 때도 있겠지만 나는 그렇지 않다. 열에 아홉은, 그러니까 거의 언제나 짬뽕을 선택한다. 짜장면은 늘 선택에서 밀리는데, 내게 결혼이 그렇다. 짬뽕을 먹어야 해서 짜장면을 먹지 않는다. 다른 걸 해야 해서 결혼을 하지 않는 것이다. 내게 결혼은 그렇다. 결혼을 선택하는 순간 꼭 다른 무언가를 포기해야 하는 것.

물론, 짬짜면을 먹어본 적도 있긴 하다. 하지만 인생은 짬짜면 같은 것이 아니다. 어떻게든 둘 다를 선택할 수는 있겠으나, 그 둘 다를 공평하게 맛있게 먹기는 얼마나 힘이 드는지. 서른 살에 첫 직장을 그만뒀을 때, 나는 어렴풋이 아, 나는 당분간 결혼을 하긴 어렵겠구나, 하고 생각했다. 우선은 내가 뭘 하면서 살아야 행복할지 찾는 게 먼저였기 때문이다. 나는 서른넷쯤에 글을 쓰며 살고 싶다는 생각을 하게 됐는데, 그때 역시 난, 아, 나는 당분간 결혼은 하기 어렵겠구나, 하고 생각했다. 우선은 글로 자리를 잡는 게 먼저라고 생각했기 때문이다. (그때는 열심히만 하면 몇 년 안에 자리가 잡힐 줄 알았다. 너무 순진했다.)

어쩌면 나는 짜장면을 먹었을 수도 있다. 취향을 따질 것도 없이 짜장면이 짬뽕보다 더, 더, 더 맛있는 게 분명하다면. 하지만 짜장면은 누군가에겐 세상에서 제일가는 음식일지도 모르겠으나 꽤 많은 사람들에겐 사람들이 맛있다고 하니까 왠지 나도 맛있는 것 같은, 어렸을 때부터 먹다 보니까 관습적으로 문득 생각나는 그런 음식일 뿐이다. 누군가에겐 주변 사람들이 이것저것 따지지 말고 그냥 짜장면 먹자 하니까 따라 먹게 되는 그런 음식일 수도 있다. 우리는 짜장면을 칭송하는 문화에서 태어났기에 이런 생각은 잘 하지 못하는데, 분명 이 세상에는 울며 겨자 먹기로 짜장면을 먹는 사람도 있을 것이다. 분위기상 말이다.

하지만 다행히 짜장면 옆에는 짬뽕이 있다. 선택할 수 있는 것이다. 내 취향에 맞게. 여러 번의 시도 끝에 나는 뜨겁고 매운 국물에 오징어, 홍합, 야채가 가득 들어간 짬뽕이 내 스타

일이라는 결론을 냈다. 국물을 숟가락으로 떠먹고 오징어를 꿀꺽 목으로 넘기고 청경채의 씁쓸한 맛을 음미하다 보면 '아쉽다, 나도 짜장면 먹을걸.' 하는 생각은 들지 않았다. 뭐 하러 그런 생각을 하는가. 지금 먹는 음식이 맛있으면 그만이다. 욕심 부릴 필요 없다. 옆에 앉은 사람이 짜장면을 맛있게 먹고 있다면 그저 앞으로도 계속 맛있게 잘 먹으라고 응원해주면 그뿐이다.

예전 우리 부모님 세대는 짜장면을 한번 먹기 시작하면 끝까지 짜장면만 먹어야 한다고 생각했다. 지금은 많이 바뀌어 예전엔 짜장면을 즐겨 먹었더라도 나중에 짬뽕으로 갈아탈 수 있는 분위기가 마련되고 있다. 그리고 서서히 나처럼 애초에 짜장면은 거들떠도 보지 않은 채 짬뽕으로 한 끼 배불리 먹는 즐거움에 빠진 사람들이 늘어나고 있다. 요즘 궁금한 건 이런 거다. 혹시 나도 나중에 짜장면이 먹고 싶어질까. 나는 아직 짜장면이 먹고 싶지 않은데, 혹여나 나중에 주말마다 짜장면 한 그릇이 생각나진 않을까.

어쩌면 그럴 수도 있다. 취향이란 바뀌기 마련이니까. 하지만 현재는 현재이기에 미리 미래를 살 수는 없다. 미리 짬뽕이 아닌 짜장면을 시켜놓곤 맛있다고 먹을 순 없다. 지금은 지금의 입맛을 따르면 된다. 지금의 나는, 짬뽕을 맛있게 잘 먹고 있지 않은가.

연애를 하지 않아야 도달할 수 있는

나도 이제 다시 연애를 좀 해야 되지 않을까 싶어서 소개팅을 하고 다니던 때였다. 하지만 나 같은 성격의 사람이 소개팅에서 인연을 만나게 될 가능성은 매우 낮았다. 나는 소개팅에 나갔다 하면 얼떨결에 내 본모습을 숨긴 채 참한 숙녀가 되기 일쑤였고, 이런 내 모습이 나도 어색하고 싫어서 2시간쯤 지나면 돌처럼 굳어 묻는 말에 대답도 잘 못하게 되기 일쑤였다. 그 시절의 나는 여전히 '나는 누구인가?'에 대한 답을 한 줄도 적어 내려가지 못한 상태였지만, 적어도 소개팅 자리에서의 나는 나라는 사람과 완전히 별개의 인간이라는 건 알고 있었다. 그래서 이제 소개팅도 더는 못하겠다, 하고 생각하고 있을 즈음 그가 메신저로 말을 걸어왔다. 비슷한 시기에 입사했다는 사실 외엔 우리 사이에 접점이 거의 없었다. 그가 저쪽에서 오고 내가 이쪽에서 가다 중간 지점에서 만나면 고개 인사 정도 하는 사이. 간혹 점심식사 후나 저녁 식사 후 우리 팀 사람들과 그의 팀 사람들이 스타크래프트를 할 때 저그 대 프로토스로 만난 적이 몇 번 있기는 했다. 그가 내 본진을 부수려 쳐들어 올 때면 나는 내가 여자인 것을 이용해 그에게 앓는 소리를 했다. "한 번만 봐주세요, 제발요." 그때마다 그는 내 본진에서 퇴각한 뒤 우리 팀 누군가의 본진으로 쳐들어갔는데, 나는 그럴 때마다 그에게 아주 약간 좋은 마음을 품었던 것도 같다.

그는 메신저를 통해 언제 밥이나 같이 먹자고 했다. 실은 그가 밥이나 같이 먹자고 제안한 건 그때가 세 번째였다. 지난 두 번의 제안은 단칼에 거절했다. 별로 친하지도 않은 사람과 밥을 먹는 건 언제나 힘든 일이었고, 또 그와 친해질 생각 또한 없었기에. 그런데 이번엔 어쩐지 제안을 받아들이고 싶었다. 여러 번의 소개팅 실패로 의기소침해져 있기도 했고, 이제 연애를 좀 해야 될 것 같다는 생각에 사로잡혀 있었으며, 상대방이 그런 의미로 내게 밥 얘기를 꺼낸 건 아닐지라도 그냥 내 삶에도 어떤 변화가 좀 찾아왔으면 좋겠는 심정이었기 때문이다. 잘 모르는 사람과 밥을 먹는 행위가 내 삶에 변화를 주지 않을까.

우리는 어느 날 같이 퇴근했다. 버스에선 서로 모르는 사람처럼 멀찍이 자리를 잡고는 회사에서 멀리 떨어진 동네로 갔다. 이름 모를 호프집에 마주 앉았다. 어색했지만 띄엄띄엄 말을 이어갔고 둘 다 술을 좋아한다는 걸 알게 되었다. 우리는 꽤 늦은 시간까지 술을 마셨다. 나를 집 앞에까지 데려다준 그는 조금은 오래도록 나를 쳐다봤고, 집에 가면서 지금은 기억나지 않는 내용의 문자를 보냈으며, 우리는 다음 날 아침에 상대방도 잘 일어났는지 모닝 문자를 주고받았다. 출근 후 우리는 애써 상대방을 찾아 눈을 맞추었다. 그렇게 비밀 연애가 시작됐다.

연애가 시작되고 나서야 나는 내가 평소 그를 어떻게 생각하고 있었는지 알게 되었다. 회사에 입사한 후 2, 3년간 한참 회사 동료들과 내 친구들을 이어주는 데 큰 재미를 느끼고 있었다. 그런데 그때 나는 매번 그를 소개팅 리스트에 올려놓지 않았다. 친구들이 아무리 소개팅을 해달라고 졸라도 그는 끝까지 소개해주지 않았다. 좋아하는 사람도 아니었는데 왜 그런 건지는 그와 연애를 하면서 깨달았다. 그의 외모는 딱 내 스타일. 그럼에도 그를 좋아하지 않았던 건 그의 성격 때문이었으리라. 우연히 회의실에서 옆에 앉거나 복도에서 스칠 때 그의 태도는 대체로 차가웠다. 가끔 팔짱을 낀 채 사람들과 웃고 있는 모습을 보긴 했어도 그건 그의 예외적인 모습 같았다. 차가운 남자, 불편했다.

다행히 그는 연애를 할 때면 달라지는 사람이었다. 애교쟁이였다. 나는 그를 만나면서 사귀는 사이에서의 애교 효과를 깊이 체험하게 되었다. 그가 혀 짧은 목소리로 애교를 부려올 때면 불기둥처럼 치솟던 화가 금세 사그라들었고, 어느새 그저 그의 애교 섞인 목소리를 계속 듣고 싶은 마음뿐이었다. 우리는 조금씩 서로에 대해 알아갔다. 상대가 나만큼 자존심이 세다는 것, 나만큼 만만하지 않다는 것도 금방 간파했다. 우리는 자주 만났다. 야근을 했더라도 한두 시간 함께 시간을 보내고 헤어졌다. 나는 분명 그가 매우 좋았다. 그 역시 나를 많이 좋아하는 것 같았다. 그런데도 어느 순간부터 서서히 우리 사이가 뒤틀려가는 게 느껴졌다. 어느 날 보니 나는 툭하면 화를 내는 불만 많은 여자친구가 되어 있었다.

우리 연애의 실패 요인은, 우리 둘 다 자기 자존심을 끝까지 지키려 한 데 있었다. 나는 그 앞에서 늘 내 자존심을 챙길 수 있기를 바랐고, 그 역시 자기가 내게 해줄 수 있는 선을 미리 정해놓고 그 안에서만 행동하려 했다. 나는 그게 불만이었다. 그가 먼저 내게 더 다가오길, 더 잘해주길, 더 많이 좋아해주길 바랐다. 그런데 그게 안 되니 나는 말로 그를 나무라고 헐뜯고 미워했다. 그러면서 나는 나에게 점점 지쳐가고 있었다. 내 안에 이렇게나 화가 많다는 사실이 놀라웠고, 무엇보다 내가 누군가에게 이렇게 반복적으로 화를 내는 모습이 싫었다. 그와 만나는 시간 동안 나는 내 생애 가장 화가 난 사람으로 살았다. 이런 연애를 계속해야 할까.

우리는 말다툼 끝에 헤어졌다. 우리가 즐겨 찾던 집 앞 호프

집에서 습관처럼 맥주를 시켜놓고 맥주를 한 모금도 마시지 않은 채 서로 갈 길을 갔다. 나는 누군가를 이토록 좋아하는데 헤어져야 한다는 사실에 놀라 일주일쯤 정신없이 살았다. 우리는 어쩔 수 없이 자주 마주쳤다. 구내식당에서 앞뒤로 서 있을 때도 있었고, 엘리베이터를 같이 탈 때도 있었다. 하지만 자존심 센 사람들답게 우리는 서로 아무렇지 않은 듯 행동했다. 그렇게 2주쯤 흘렀을까. 마음속 폭풍은 어느 정도 잦아든 것 같았고, 다시금 옆자리 동료와 농담도 나눌 수 있게 됐다.

그와 헤어지고 두 달쯤 지나자 나는 많이 괜찮아진 듯했다. 원래의 상태로 말끔히 돌아왔다고는 말할 수 없지만, 그래도 아무 일도 없었다는 듯 행동하는 게 나를 배반하는 일 같지는 않아졌다. 이젠 그와 사귀던 때를 정직하게 돌아볼 수도 있게 됐다. 화가 날 때면, 나는 그가 내게 잘못했기 때문에 화를 내는 거라고 자기합리화를 하곤 했는데, 꼭 그런 것만은 아니었다는 걸 인정해야 했다. 나는 나의 기대보다 미성숙한 사람이었고, 어쩌면 내가 더 성숙한 사람이었다면 적어도 그와 그렇게 싸우면서 헤어지진 않았을 것 같았다. 그의 속을 벅벅 긁는 소리도 참 많이 했던 것 같다. 아무리 그래도 그는 내가 좋아하는 사람이었는데.

이렇게 자기반성의 나날을 보내며 지난 연애를 정리하고 있던 어느 날이었다. 어떤 짜릿한 생각이 머리를 스쳐지나갔다. 나는 그와 사귀고 있지 않은 지금의 이 상태가 매우 좋고 아주 마음에 든다는 생각이었다. 그와 헤어지는 건 분명 힘들었지만, 힘든 시간이 지나자 오히려 잘 헤어졌다는 생각이 들었다. 더는 타인에 의해 감정이 휘둘리지 않아서 좋았고, 또 정확히 두 달째 한 번도 화를 내고 있지 않다는 점도 마음에 들었다. 나는 홀가분하고 자유로웠다. 그와 만나기 전처럼.

문득 이런 생각이 들었다. 누군가를 좋아하는 일엔 세상이 한마음으로 나서서 가능한 한 모든 의미를 다 부여해주지만, 누군가가 곁에 없어야 더없이 평화로워지는 마음 상태엔 그 누구도 의미를 부여해주지 않는 것 같다고. 그래서 나는 지금의 이 상태에 스스로 의미를 부여해주기로 했다. 나는 지금 내가 매우 좋아하는 상태에 와 있다고. 마음이 더없이 평온한 상태.

그가 내 곁에서 사라진 후 나는 만족스럽게 생활하고 있었다. 연애만이 줄 수 있는 어떤 것이 분명 있는 듯했지만, 연애를 하지 않아야 도달할 수 있는 어떤 상태도 있다는 걸 깨달았다. 나는 비로소 내가 그를 좋아하느라 방치해놨던 또 다른 좋아하는 것들을 향해 다시금 손을 뻗기 시작했다. 내가 좋아하는 것들은 모두 내가 혼자여야만 더 잘 할 수 있는 것들이었다. 책 읽기, 영화 보기, 걷기, 친구 만나기, 이 모든 걸 하면서 생각하기.

혼자 뒹굴거리며 책을 읽고 영화를 보는 시간. 연애하느라 신경 쓰지 못했던 친구들의 이야기에 귀를 기울이는 시간. 그게 뭐든 하나를 붙잡고 덕후질을 하는 시간. 나는 다시 이런 시간을 기껍게 즐기기 시작했다. 다신 일부러 연애를 해야겠다는 생각은 하지 않기로 마음을 먹은 채. 나는 혼자여도 충분히 즐거운 사람이라는 걸 잊지 않은 채.

탈브라는 진행 중

며칠 전 '탈브라'를 선언한 여성들에 관한 기사를 읽었다. 탈브라에도 여러 형태가 있다는 걸 알았다. 겨울용 탈브라, 실내용 탈브라, 집 근방 탈브라, 사시사철 언제나 탈브라. 더 많은 여성이 탈브라하는 날을 꿈꾸는 나는 당연히 그 기사를 흡족하게 읽었다. 하지만 이 좋은 기사에도 여지없이 달리는 끔찍한 악플들.

불편하기 그지없는 브라를 내 마음대로 '탈'하겠다는데 왜들 악플을 다느라 시간을 낭비할까. 개중 유독 눈에 밟히는 악플도 있었다. 누가 너네더러 브라를 하랬냐, 하든 말든 누가 상관한다고 탈브라니 뭐니 시끄럽게 구냐. 이런 악플을 다는 사람이 눈앞에 있다면 나는 정말이지 그의 두 손을 반나절

간 등 뒤에 꽁꽁 묶어놓고 싶다. 눈앞엔 스마트폰을 대롱대롱 매달아 놓고. 반나절 내내 스마트폰을 쳐다만 보라 하면 정말 미치고 팔짝 뛰겠지? 몇 시간이라도 악플을 안 달면 온몸에 두드러기가 나는 그런 사람들에게 이 벌은 무지 고역이겠지?

누가 우리더러 브라를 하라고 했냐니. 나는 아직도 기억난다. 2차 성징이 시작되던 무렵. 우리는 교실에 꼼짝없이 앉아 브라 착용 여부를 검사 맡아야 했다. 남자 선생님이 여자애들 등을 건드리고 다니는 일은 예사였다. 당연히 브라를 안 하면 혼이 났다. 브라도 꼭 흰색이나 살구색 브라만 착용해야 했다. 우리는 가슴이 봉긋 솟아오르던 순간부터 가슴은 마땅히 가려야 하는 것이라고 배웠고, 또 그 가슴을 가리기 위해 착용하는 브라 역시 가려야 하는 것이라고 배웠다. 뭘 자꾸 가리고 또 가리래. 하지만 별수 없었다. 안 가리면 금세 불량 학생 낙인이 찍혀버리니.

브라를 하기 시작하고부터 긴 세월 나는 누가 내 가슴을 볼세라, 누가 내 브래지어를 볼세라 가리고 또 가리며 살아왔다. 혹여나 몸을 자연스럽게 움직이다가 옷이 흘러내려 브라 끈이라도 보일라치면 후다닥 얼른 옷매무새를 점검했다. 땅에 떨어진 지우개를 주우려 몸을 깊숙이 숙이다 가슴골이라도 보일라치면 나는 내가 지금 엄청 반사회적인 행동을 했다는 듯이 깜짝 놀라 허리를 곧추세웠다. 그러고는 보기에도 어정쩡한 자세로 쭈그리고 앉아 지우개를 주웠다. 땅에 떨어진 지우개 하나 마음껏 줍지 못하는 삶이란…….

그러다 몇 년 전부터 실내에선 탈브라를 하고 있다. 어느 날 우연히 안 하고 있어 봤더니 너무 편해서 계속 안 하게 됐다. 겨울에 두꺼운 옷을 입고 외출할 때도 브라를 하지 않는다. 지금 생각해보면 어떻게 예전엔 24시간 내내 브라를 하고 있었는지 놀랍다. 무엇보다 어떻게 잠을 자면서도 브라를 하고 있었는지, 내 지난 과거가 끔찍할 뿐이다. 브라를 하고 잠이 든 여자에겐 천만 원짜리 침대도 소용없다. 어차피 몸을 죄어오는 브라 때문에 그저 불편하게 잘 뿐이다. 꿀잠을 자고 싶은 여자에게 필요한 건 좋은 침대가 아니라 탈브라다.

브라는 진짜 불편하다. 엄청나게 불편하다. EBS에서 방영한 〈까칠남녀〉라는 프로그램이 있었다. 그 프로그램에서 남자 패널 두 명이 1일 브라 체험을 했다. 한 사람은 4시간 만에, 또 한 사람은 5시간 만에 브라 착용을 포기했다. 그중 한 명이 체험을 끝내면서 말했다. "전 여자들이 브래지어를 안 했으면 좋겠어요. 이제 브래지어를 봐도 성적인 느낌을 못 받을 것 같아요." 두 남자는 공통적으로 이런 말들을 했다. 브라를 했더니 숨 쉬기 어렵다, 답답하다, 어지럽다, 고행하는 것 같다, 체한 것 같다, 빈혈이 온 것 같다, 미칠 것 같다. 이 말들이 여자들이 탈브라를 선언하는 이유다.

사실 내 주위를 보면 이미 탈브라는 상당히 진행 중이다. 한 달 전이었던가. 나는 문득 궁금해 친구들에게 물었다. 너네는 집에서 브라를 하고 있니? 친구 세 명이 답을 해줬다. 한 명은 노브라로 있는다고 했고, 두 명은 런닝 브라를 입고 있다고 했다. 그러니까 나를 포함해 우리 친구 넷 모두 집에서는 브라를 안 하고 있다는 말이었다. 일명, 실내용 탈브라.

브라의 역사가 100년밖에 안 된다고 한다. 속이 비치는 실크 드레스를 입기 위해 고안한 속옷이라고 한다. 예쁜 옷을 멋들어지게 입고 싶어 했던 과거의 언니들에게 책임을 전가하고 싶진 않다. 하지만 겨우 100년밖에 안 된 복식 문화를 자연현상처럼 받아들이고 싶진 않다. 사는 게 좀더 편해지면 좋겠다. 불필요한 불편함은 없애도 되지 않을까. 브라든 뭐든 몸을 압박하는 걸 계속 입고 있을 이유는 없다. 건강에도 좋지 않다고 하잖나. 브라를 하고 싶은 사람은 하고, 안 하고 싶은 사람은 안 하게 되면 얼마나 좋을까. 그러면 괜한 에너지를 쓰며 '탈브라 선언' 같은 걸 할 필요는 없어질 테다. 선언 대신, 그냥 '탈'하면 되니까.

3

긴 시간 속에서
우리 삶의 궤도는

내가 잘 살아가도록

친구를 15년 만에 만났다. 고등학교 3년 내내 같은 반이었고, 대학도 같은 곳으로 간 친구였다. 어쩜, 하나도 변한 게 없었다. 보통 곱슬머리는 굵기 마련인데, 친구의 가느다란 곱슬머리는 마치 롤러코스터 라인처럼 예상치 못한 각도로 꺾이고 꺾이며 어깨까지 떨어지고 있었다. 우리는 만나자마자 마치 지난 주말에도 전화로 수다를 떨었던 사람들처럼 자연스럽게 이야기를 시작했다.

"일이 재미없더라고. 나 원래 일 되게 좋아했어. 사람들이 놀랄 만큼. 얼마나 좋아? 학교에서 배운 내용을 직접 적용해보고, 성과도 내고, 또 돈도 받고. 그런데 요즘엔 일이 하나도 재미없는 거야."

“왜, 갑자기?”

“짝사랑이었구나 싶어서. 나만 회사를 좋아했던 것 같아. 회사가 좋으니까 일도 즐거웠던 거지. 그런데 회사는 날 좋아하지 않는다는 걸 알아버렸어. 부서 실적이 안 좋다고 날 막 여기저기로 보내버리는 거야. 지금 거의 일 년째 제대로 된 일을 못 하고 있어. 너 그거 아냐. 나 요즘 맨날 놀아. 놀면서 돈을 받는 거지. 이거 기분 무지 안 좋아. 난 일한 만큼 돈을 받고 싶어. 암튼, 그래서 착잡하다.”

“난 회사에 들어간 지 2년 만에 회사가 날 좋아하지 않는다는 걸 알았는데. 아니, 들어가자마자 알았나?”

“그러니까, 내가 너무 늦게 안 거야. 요즘은 그런 생각이 들더라. 이 회사에서 오래 버티긴 힘들겠구나. 그러니까 눈앞이 캄캄해져. 와, 나 회사 그만두면 무슨 일 해야 돼. 할 줄 아는 게 하나도 없는데. 우리 회사에 내가 정말 존경하는 선배가 있거든? 성격도 좋고, 일도 무지 잘해. 사람 자체가 괜찮아. 그런데 그 선배가 요즘 일 그만두면 스크린 골프장 차릴 거라고 자주 얘기해. 이제 곧 잘릴 것 같다는 거야. 난 정말 이해가 안 돼. 일을 잘하는 사람은 아무리 나이가 많아도 회사 쪽에서 붙잡아야 하는 거 아니야? 나이가 들면 다 회사를 나가야 한다는 거야?"

친구는 짝사랑 후유증을 된통 앓고 있는 것 같았다. 사랑을 잃으니 순간 모든 게 막막해진 듯했다. 자신이 회사만 생각하면서 순진하게 살아왔다는 것, 그 결과가 이토록 허망하다는 것에 당황한 듯 보였다. 회사에서 일하는 것만 알았지 할 줄 아는 게 하나도 없다는 사실, 회사를 나가면 굶어 죽을지도 모른다는 사실이 끔찍하게 느껴지는 듯도 했다. 친구는 자꾸 자기가 가난하다고 했다. 대기업을 10년 넘게 다니고 있는 친구가 가난을 이야기하면 나는 무슨 이야기를 해야 할까. 그래도 나는 이런 말은 하지 않았다.
'그래도 넌 대기업 다니잖아. 그러니 가난한 건 아니야.'

아마 친구가 말하는 가난은, 지금의 벌이가 미래를 책임져주지 않는다는 의미에서의 가난일 터였다. 지금은 먹고 살 만큼 벌고 있지만 조만간 회사에서 짤리든 스스로 나가든, 여하튼 일을 잃으면 무능력한 자기를 써주지 않을 이 세계에 대한 두려움을 표현하는 말일 터였다. 한편으론, 제아무리 대기업에서 난다 긴다 해도 결국은 집을 가진 자, 불로소득을 얻는 자에 비해 우리는 모두 가난할 수밖에 없다는 말이라고도 나는 이해했다.

친구는 한 지인에 관한 이야기를 들려줬다. 자기와는 달리 하고 싶은 일을 마음껏 하며 살고 있는 지인이랬다. 장사도 이것저것 다 해보고, 여행도 훌쩍 떠나고 그런단다. 그런데 그 지인이 무슨 일이 있어도 2천만 원만은 절대 쓰지 않고 통장에 고이 모셔두고 있다고 했다. 2천만 원. 친구 입에서 2천만 원이란 말이 나오는 순간, 친구가 무슨 말을 할지 직감했다. 흐응, 친구의 지인도 마지막을 그려놓고 있다는 거겠지. 사는 게 치욕스러운 순간이 오면, 2천만 원을 들고 그곳으로 간다는 말이겠지.

"못 살겠다 싶으면 2천만 원 들고 스위스로 갈 거래. 그곳에서 안락사할 거래."
나는 친구의 말을 듣고 고개를 끄덕이며 말했다.

"알아, 스위스, 안락사. 그런데 거기선 죽고 싶으면 다 죽게 해 주나? 아파야 죽을 수 있는 거 아니야?"

"글쎄. 그냥 돈만 내면 되는 거 아니야?"

"예전에 어디지, 뉴질랜드인가, 네덜란드인가, 난 맨날 이 두 나라가 헷갈려. 이 나라 중 한 나라에서도 안락사가 가능한데, 그 절차가 엄청 복잡하더라. 몇 년간 전문 상담 인력과 면담을 해야 해. 가족들도. 그러고 나서야 죽을 수 있는 거지."

우리는 2천만 원과 안락사에 관한 이야기를 더 이어갔다. 세상엔 이런 이야기를 싫어하는 사람들도 있겠지만, 나와 친구는 이런 이야기를 좋아했다. 우리는 죽음에 관해 이야기하고 있었지만, 실은 희망에 관해 이야기하고 있는 거였으니까. 자칫 잘못하면, 아니 잘못한 것이 없어도, 쉽게 존엄을 잃기 쉬운 이 세상에서 우리는 우리에게 남은 마지막 존엄을 지킬 방법에 관해 이야기하고 있었으니까. 마지막 선택은 우리 손안에 있다는 것에 안도하고 있었으니까. 안도할 일 하나 없는 이 세상에서 안도할 일을 찾는 건 꽤 중요한 일이니까.

2천만 원과 안락사에 관한 이야기를 끝내고, 그러니까 우리는 많이 불안하지만 그럼에도 마지막만큼은 내 손으로 해결할 수 있을 거라며 안도를 하고, 또 각자 자기 이야기를 하기 시작했다. 친구는 이왕 이렇게 회사에서 버림을 받은 김에 이젠 다른 인생을 살아볼 거라고 말했다. 여기저기 모임에도 참여해보고 새로운 취미 생활에 발도 들여놓으면서 자기가 뭘 좋아하는지 찾을 거랬다. 나도 친구에게 나의 불안과 고민을 이야기했고, 그럼에도 내가 어떻게 하루하루를 무사히 잘 살아내는지, 보잘것없는 나만의 노하우를 전수했다. 우리는 오랜만에 만난 친구를 앞에 두고 나는 앞으로 어떻게 살아가려고 하는지 계속 이야기했다. 살기는 정말 힘들지만, 그래도 내가 잘 살아가도록 이끌어주는 건 나 자신이어야 한다는 걸, 친구나 나나 잘 알았다.

우리에 관해 더 많이 알게 되었다

서른세 살에 친구와 7박 9일 유럽 여행을 했다. 친구는 다니던 직장을 그만두고 일 년간 휴식을 취하려던 참이었고, 나는 언제든 일주일 정도는 휴가를 낼 수 있는 일을 하고 있었다. 우리는 같이 여행을 떠나보기로 했다. 친구와 단둘이 떠나는 여행. 생각만 해도 정말 재미있을 것 같았다.

"유럽은 어때?"라는 친구의 말에 나는 오케이 했고, "체코에서 맥주 한 잔 어때?"라는 나의 말에 친구도 오케이 했다. 우리는 신도림 디큐브시티 지하 1층 커피숍에 앉아 순식간에 많은 일을 해치웠다. 체코, 헝가리, 오스트리아를 거치는 여행 일정을 짜고, 비행기표를 구하고, 게스트하우스와 야간열차를 예약했다. 여행 일정은 거의 다 친구의 머릿속에서 나왔다. 어차피 내 길치 머리엔 동서남북이라든지 이 나라 옆엔 저 나라가 있다든지 하는 정보가 들어 있지 않았으므로 나는 그냥 군말 없이 친구의 말을 따르는 게 낫다고 판단했다 (잘한 판단이었다).

친구는 내비게이션 없이 이 도시에서 저 도시로 차를 몰고 다닐 만큼 엄청난 '길쟁이'다. (길쟁이는 내가 만든 말이다. 길치의 반대.) 여행을 가기 전부터 친구의 머릿속엔 우리가 여행할 곳곳이 정확한 좌표값을 지닌 채 들어가 있는 것 같았다. 친구와 여행을 하며 하나 알게 된 게 있다. 길치와 길쟁이의 차이. 우선, 둘 다 길을 잃을 수는 있다. 그런데 그 후의 반응이 다르다. 나 같은 길치는 길을 잃었다는 것을 자각한 순간 거의 패닉 상태에 빠져 건물 벽을 한 손으로 짚은 채 시름에 젖어야 한다면, 친구 같은 길쟁이는 길을 잃었다는 것을 자각하는 순간 주위 공간을 머릿속으로 그려본 후 가뿐하게 저쪽으로 가볼까, 하고 생각한 뒤 저쪽으로 가본다는 것이다. 그리고 저쪽으로 가다 보면, 우리의 목적지가 나온다.

나는 여행 내내 친구를 졸졸 따라다녔다. 사실, 나는 사람을 졸졸 잘 따라다닌다. 대체로 아무 생각이 없기 때문이다. 특별히 가고 싶은 곳도 없고, 특별히 먹고 싶은 것도 없다. 그래서 처음 만난 사람이 저기로 갈래요? 해도 잘도 네, 하고 저거 먹을래요? 해도 역시 잘도 네, 한다. 이번 여행에서도 마찬가지였다. 친구가 지하철을 타고 바츨라프광장으로 가자고 하면 그러자, 했고, 친구가 내일은 아침 일찍 일어나 체스키크롬루프로 가자고 하면, 그러자 했다.

우리는 과연 한 사람을 같이 보낸 시간의 길이만큼 알 수 있을까, 대화의 깊이만큼 알 수 있을까. 이번 여행이 내게 준 대답은, 후자였다. 나는 친구를 20년간 알아왔지만 이번 9일 동안 친구에 관해 더 많은 걸 알게 되었다. 마치 이번 여행에서 새 친구를 얻은 기분이었다. 프라하공항에 발을 내디딘 순간, 친구는 완전히 다른 사람이 되었다. 중학교 1학년 때 같은 반이 된 이래로 나는 친구가 그토록 신이 나 하는 걸 본 적 없었다. 반쯤은 미쳐 있었다. 가뜩이나 큰 눈이 더 커졌고, 너무 흥분이 되는지 친구는 뭘 못 먹었으며, 매일 나 몰래 어디에서 에너지를 충전받고 오는지 힘도 철철 넘쳤다.

반쯤 꿈을 꾸듯 유럽의 골목길을, 건축물을, 성당을, 그림을 보는 친구의 눈빛은 조금 충격적이기도 했다. 나는 이제 여행을 하는 내 기분은 따질 것도 없이, 친구의 기분을 살펴보느라 바빴다. 내 궁금증은 체코, 헝가리, 오스트리아보다 친구에게 쏠렸다. 나는 오스트리아 미술사 박물관 소파에 앉아 친구가 정신없이 이 그림에서 저 그림으로 넘나드는 모습을 지켜봤다. 지칠 법한데도 전혀 지치지 않은 모습으로 돌아온 친구에게 나는 물었다. 기분이 어때? 정말 너무 좋아. 안 지쳐? 지치지 않아. 너 정말 대단하다. 난 벌써 기운이 다 빠졌는데. 난 지금 너무 바빠. 볼 게 너무 많아. 더 봐야 해.

왜 이토록 흥분하는 걸까, 왜 여행을 이다지도 좋아하는 걸까, 나는 친구에게 자주 물었다. 왜 좋아? 지금 어떤 마음인데? 원래는 어떤 마음이었는데? 내가 질문을 하면 친구는 자기 역시 한 번도 생각해보지 않았다는 듯 생각에 잠기더니 대답을 해왔다. 그러게, 왜 이렇게 여행이 좋지. 아무도 날 모르는 곳에서 내 마음대로 움직일 수 있다는 게 좋은 것 같아. 언어가 안 통해서 좋아. 이곳 관습을 잘 몰라서 좋아. 나는 이런 것도 좋아.

"뭐가 좋은데?"
"사람들 행동을 봐도 이 사람들이 무슨 생각하는지를 모르겠어. 그런데 한국 사람들은 안 그렇잖아. 작은 제스처 하나만으로도 무슨 생각하는지를 알겠잖아. 그래서 이곳이 좋아."
"그게 왜 좋은데?"
"그 사람이 왜 그렇게 행동하는지 모르니까, 눈치를 안 봐도 되잖아."
"한국에선 그 정도로 눈치를 많이 봐?"
"나 엄청 눈치 봐. 사람들 신경 쓰느라 숨이 턱턱 막혀. 그런데 여행 오면 그러지 않아도 되니까 너무 좋은 거야. 한국에서 벗어난 모든 곳이 내겐 자유의 땅이지."

친구는 한국에선 자유롭지 못하다고 했다. 늘 타인을 신경 쓰느라 행동, 태도, 생각을 통제하면서 살아왔단다. 성취하려던 것들이 실패할 때마다 스스로를 통제하는 데 더 노력을 해온 듯했다. 남들이 날 어떻게 보는지 촉각을 곤두세웠고, 그러다 보니 눈치 보게 됐고, 위축됐고, 부자유스러워졌다고 했다. 그런데 여행을 오면 그런 나를 벗어던질 수 있다는 거였다. 나는 다 처음 듣는 소리였다. 그 친구는 볼 때마다 코믹한 행동과 유려한 말솜씨로 사람들을 웃기는 재주가 있었다. 친구는 우리에게 웃긴 애, 재미있는 애였다. 그래서 친구의 삶이 잘 풀리지 않는다는 것은 알고 있었지만, 그래도 잘 이겨내고 있는 줄 알았다. 그런데 아니었다. 친구는 내가 생각하는 것보다 더 힘겹게 살아가고 있었다. 한국을 떠나온 것만으로도 너무나 자유로워서 너무나 행복해질 정도로.

우리는 7박 9일을 함께, 즐겁게 여행했다. 과장해서 말한다면, 친구는 유럽을 보는 여행을 했고, 나는 친구를 보는 여행을 했다. 우리는 참 많이도 걸었는데 걸을 때마다 나는 친구의 이야기를 많이 들었다. 말 잘하는 애가 꺼내놓는 이야기들에 나는 자주 웃었고, 자주 질문했고, 자주 놀랐다. 친구는 나에게 이야기를 하며 본인이 지금 겪고 있는 심리적인 문제들을 인식하기 시작한 듯했다. 친구는 이후 몇 년 자기 자신을 치유하는 시간을 보냈다. 그리고 여전히 여행을 열렬히 사랑하는 중이다.

나는 그 여행에서 돌아와 내가 무엇에 관심이 많은 사람인지 알게 되었다. 나는 사람에 관심이 많았다. 어딜 가거나, 뭘 먹거나 하는 것보다 사람에 관해 알게 되고 이해하게 되는 과정을 더 좋아했다. 그 사람은 왜 그렇게 행동하고, 왜 그렇게 말하며, 왜 그렇게 생각하는지. 그해의 여행은 우리 둘에게 여러모로 좋은 추억이 됐는데, 무엇보다 우리 자신에 관해 알게 되었다는 면에서 좋았다. 그래서 때만 되면 여행을 떠나는 사람이 많은 것일까. 낯선 곳으로 가야만, 알게 되는 것들이 있는 것 같다.

긴 시간 속에서 우리 삶의 궤도는

지난해 초, 정말 오랜만에 친구에게 연락을 했다. 친구의 근황이 궁금했고, 내가 전하고 싶은 근황도 있었다. 나는 늘 내가 사람 운이 많다고 생각하는데, 그 친구 역시 내겐 고맙고 소중한 운이었다. 대학이라는 어색한 공간에 뚝 떨어져 가뜩이나 낯을 가리는 아이가 허당 짓을 하고 있을 때, 차분하고 자기 색깔 확실한 친구가 내게 먼저 다가와줬다.

나와 친구는 대학교 1, 2학년 내내 사귀는 사람처럼 붙어 다녔다. 실제 친구는 걸핏하면 자기가 나의 남자친구라며 내 스케줄을 챙겨줬고 밥을 먹을 때마다 전화를 해왔다(친구는 예쁘장하게 생긴 여자다). 그러다 내가 2학년을 마치고 휴학을 했다. 내가 일 년 후 복학하자 이번에는 친구가 휴학을 했다. 그렇게 엇갈리다가 친구가 어느 날 갑자기 학교를 그만둔 바람에 우리는 자주 보지 못했다. 휴학이 아니라 아예 그만둬버린 것이다. 3학년 2학기까지만 다니고.

친구가 학교를 그만두고 나서 자주 이런 생각을 했다. 내가 휴학한 바람에 친구가 쓸쓸했던 건 아니었을까 하고. 매일 같이 어울리던 친구가 사라졌으니 학교 다닐 맛이 사라졌던 건 아니었을까 하고. 그렇지 않고선 친구가 학교를 왜 그만둬야 했는지 이해가 가지 않았다. 친구는 우리 중에 성적도 가장 좋았다. 아마 끝까지 공부했다면 친구 역시 대부분의 동기들처럼 가고 싶던 회사에 취직할 수 있었을 것이다.

어쩌면 친구를 붙들고 진지하게 물어야 했던 건지도 모르겠다. 왜 그만두려 하냐고. 그런데 난 그때 그러질 않았다. 복학 후 한동안 정신이 없기도 했고 서로 떨어져 있는 사이 친구와 조금 멀어진 탓도 있었다. 친구가 일 년 휴학 후 복학했을 때 서로 과가 달라진 점 역시 우리 사이를 멀어지게 했다. 나는 컴퓨터공학, 친구는 전자공학. 우리는 같은 수업을 듣고 같이 밥을 먹을 때와는 확실히 조금 달라져 있었다.

친구의 고향은 속초다. 학교를 그만두고 친구는 바로 속초로 갔다. 가끔 연락을 하긴 했는데 그때마다 친구는 "그냥 집에 있어."라고만 말했다. 딱히 어떤 계획이 있는 것도 아닌 것 같았다. 그때는 어떻게 계획도 없이 학교를 그만둘 수 있지 싶었는데, 지금은 당시 친구의 마음을 이해할 수 있을 것 같다. 내가 회사를 그만둘 때의 마음과 비슷했겠지. 아직 뭘 해야 할지는 모르겠지만, 우선 이 회사는 그만둬야 할 것 같은 기분. 친구 역시 우선은 학교를 그만둬야 할 것 같은 기분이지 않았을까.

이후 우리는 1, 2년에 한두 번 정도 만나는 사이가 됐다. 학교 선배나 동기의 결혼식이 있을 때면 친구는 속초에서 올라와 대학교 때와 똑같은 표정과 말투로 나에게 말을 걸었다. 언젠가 긴 시간 소개팅을 전전하다 결국 사랑하는 사람을 만나 급하게 결혼을 한 한 선배의 결혼식이었던가. 결혼식장 근처 카페에 앉아 선배, 동기들과 대학교 때처럼 서로가 서로를 놀리느라 시끌벅적하던 때였나. 나는 이제야 친구에게 물었다. 더 빨리 물었어야 할 질문이었다.

"그런데, 학교는 왜 졸업 안 했어? 일 년만 더 다니면 됐을 텐데. 너 학점도 좋았잖아."

친구는 특유의 느릿느릿한 말투로 대답했다.

"학과 공부가 나한테 안 맞았어. 재미가 없더라고. 그리고 그런 생각이 들더라. 대학 졸업하는 게 뭐가 의미가 있을까 하고. 의미가 없어 보였어."

나는 친구에게 요즘엔 무슨 일을 하느냐고 물었다. 친구는 속초 어딘가의 과수원에서 일을 한다고 했다. 친구의 말을 들으며 그간 영화나 드라마 등을 통해 접했던 과수원의 풍경을 내 마음대로 상상해봤다. 상상 속에서 친구는 밀짚모자를 쓴 채 통통하게 살이 오른 과일을 따고 있었다. 나는 그 순간 친구를 조금 걱정했던 것도 같다. 친구의 미래가 불투명해 보였던 것도 같다. 하지만 그보단 친구가 과수원과 정말 잘 어울리겠다는 생각이 들었다. 그냥 그랬다. 과수원과 친구의 이미지가 꽤 잘 맞았다.

친구가 과수원에서 일하고 있던 그 시절. 대부분의 친구들은 회사에 다니거나 취직 준비를 하고 있었다. 그리고 시간은 흐르고 흘러 우리는 삶의 방향을 조금씩 틀기 시작했다. 회사에 다니던 나는 뒤늦게 이 길이 아니라는 것을 깨닫고 회사를 나와 꿈을 좇았고, 다른 친구들도 이 회사에 다니다가 저 회사에 다니게 됐다. 다니던 회사를 그만두고 대학원에 진학한 친구도 있었고, 역시나 회사를 그만두고 느지막이 어학연수를 간 친구도 있었으며, 또 몇몇 친구는 전공과는 전혀 상관없는 일에 뛰어들어 바닥부터 다시 시작하기도 했다. 또 한 친구는 최근 10년 넘게 다닌 회사를 그만두며 이렇게 말했다.
'이제 회사는 다닐 만큼 다닌 것 같다. 이젠 그만 다닐 거야!'

지난해 친구에게 오랜만에 연락을 했을 때 나는 친구가 요즘엔 뭘 하고 지내는지 궁금했다. 아직도 과수원에서 일하고 있을까. 친구는 지금은 공무원이라고 했다. 시청에서 근무하고 있다고. 나는 이상하게 하나도 놀라지 않았다. 뭔가 굉장히 자연스러운 수순을 밟고 친구가 그 자리에 도달한 것 같았다. 그래서 그냥 아무렇지 않게 물었다.
"공부 열심히 했겠네?"

친구가 덤덤하게 대답했다.

"열심히 했어."

과수원에서 일하는 친구를 그려볼 때처럼, 시청에서 일하는 친구를 그려봤는데, 시청에서 일하는 친구 역시 그 공간과 아주 잘 어울렸다. 나는 친구에게 "너, 공무원 잘 어울린다." 하고 말해줬다. 그러자 친구는 작게 웃었다.

친구와 전화를 끊고 며칠간 친구를 자주 떠올리면서 이런 생각을 하게 됐다. 단지 몇 개월의 시간, 1년, 2년, 또는 몇 년의 시간만으로는 우리는 우리가 앞으로 그리게 될 삶의 궤도를 예상할 수 없는 거라고. 우리의 삶은 긴 시간 속에서만 자기 자신만의 궤도를 넌지시 보여줄 뿐이라고. 그래서 지금 이 순간의 승패는 일생이라는 틀에서 보면 큰 의미 없는 것 같다고. 친구는 긴 시간 동안 자신의 궤도를 자신만의 스타일로 만들어가고 있는 중이고, 나 역시 친구와 마찬가지로 내 삶의 궤도를 나만의 스타일로 만들어가고 있는 중이라고. 그리고 우리의 궤도가 앞으로 어떤 모습으로 그려질지는 친구도 나도 알 수 없는 일이라고.

'쉽지 않아'라는 말

어릴 적, U는 가뜩이나 고양이 같은 눈을 더 고양이처럼 부릅뜨고는 이렇게 말하곤 했다. "나는 남편복하고 자식복이 있어." 그러면 나는 굳이 그 말을 반박하고 나섰다. "네가 그걸 어떻게 알아?" U는 그냥 자기는 다 안다며 응수했다. 그러면 나는 또 지지 않고 그게 무슨 비과학적인 말이냐며 따지고 들었는데, 그러다 보면 우리 사이에 Y와 S와 J도 끼어들어 '누가 맞네 틀리네' 하며 한 판 설전을 벌였다. 누구 한 명이 미래에 잠깐 들렀다 오지 않고서는 답 없는 얘기를 우리는 왜 그리 오래도록 나누었던 건지.

내가 U의 말에 기어코 반박을 하고 나선 건, 친구가 꿈꾸는 행복한 가정생활이 못마땅해서가 아니었다. 그럴 리가 있나!

단지 미래에 관한 일을 그렇게 확신에 차 말하는 게 그저 '아니다' 싶었을 뿐. 하지만 내가 아무리 '아니다' 생각해도 U는 아랑곳하지 않고 '맞다' 하며 살았다. 툭하면 나 보란 듯(이건 나 혼자 이렇게 느낀 걸 수도 있다) 남편복, 자식복 운운했고 그러면 난 또 그걸 어떻게 아느냐며 친구를 귀찮게 했다. 그러다 시간이 흘러 U는 우리 중 가장 빨리 결혼해 현재까지 남편복, 자식복 있는 삶을 누리고 있는 중이다. U의 말이 씨가 된 것이다.

딱히 U 때문은 아니지만 나는 어느 순간부터 어쩌면 말이 씨가 된다는 말이 진짜일지도 모르겠다는 생각을 진지하게 하곤 했다. 우주에 존재하는 모든 물질이 실은 서로 연결되어 있다는 얘기를 여기저기서 듣게 되면서부터다. 연결된 것들은 서로 반응을 주고받을 수밖에 없다. 내가 어떤 말이나 행동을 하면 나와 연결된 모든 것들도 진동하며 움직인다. 그들이 움직이면 이번엔 내 쪽에서 다시 반응하게 되어 나 역시 움직이고, 이런 미세한 움직임이 반복되고 반복되다 보면 내 삶은 어찌할 수 없이 달라질 수밖에 없는 것 아닐까.

그렇다면 나는 무슨 말을 자주 하며 사는가, 기억을 되짚어 봤다. 그랬더니 허탈한 문장이 하나 튀어나왔다. '쉽지 않아.' 라는 말. 나는 이 말을 정말 자주 한다. 내가 이 말을 하며 '어? 내가 또 이 말을 하고 있네.' 하고 생각할 만큼. 주로 추임새로 사용하는데 친구들이 삶에 닥친 이런저런 사건들을 이야기할 때면 나는 친구들의 삶에 공감하며 한숨을 약간 섞으면서 이렇게 읊조리는 것이다.

"사는 게 쉽지 않아."

내가 이렇게 대꾸를 하면 누구 하나 예외 없이 친구들은 이렇게 말하곤 한다.

"맞아. 사는 건 쉽지 않아."

추임새뿐만 아니다. 나는 나에게도 이 말을 자주 한다. 하루에도 몇 번씩 '거참, 쉽지 않네.' 하고 속으로 말한다. 글쓰기도 쉽지 않고, 글쓰기로 먹고살기도 쉽지 않고, 어디 하나 안 아프고 건강하게 살기도 쉽지 않고, 만성위염에서 벗어나기도 쉽지 않고, 나 스스로 내 마음을 편안하게 만들기도 쉽지 않으니까. 그러니 나도 모르게 자꾸 "쉽지 않네, 쉽지 않아." 하고 말하게 되는 것이다.

그러다 보니 이런 생각을 하게 됐다. 아, 내가 쉽지 않아라는 말을 너무 자주 해서 내 삶이 쉽지 않아진 건 아닐까. 말이 씨가 되어버린 거 아닐까. 쉽게 풀리려던 것도 나 스스로 어렵게 꼬아버린 건 아닐까. 정말 그럴 수도 있을 것이다. 그렇다면, 나는 이제 앞으로 이 말을 사용하면 안 될까. 이 말을 하고 싶을 때마다 꾹 참아야 할까. 그런데 그럴 수 있을까. 쉽지 않은 삶 앞에서 실은 쉽다 우길 수 있을까. 무엇보다 꼭 그래야만 할까. 여기까지 생각하다가 나는 그냥 이 말을 계속 하며 살기로 했다. 나에겐 이 말이 필요하니까, 이 말을 하면 조금이나마 삶을 견디기 쉬워졌으니까.

그렇지, 삶은 원래 쉽지 않은 거지, 하는 생각은 지금 내 앞에 있는 문제를 과장해서 해석하지 않게 해줬다. 어떻게 이렇게 큰 문제가 내 앞에 있는 거지? 하고 놀랄 필요 없게 해줬다. 삶을 있는 그대로 받아들일 수 있게 해준 것이다. 그래, 원래 삶은 쉽지 않으므로 나한테 이런 문제도 닥치는 거지, 하고. 우주는, 세계는 나를 위해 존재하는 것이 아니니까 마냥 쉽게 살 수만은 없을 테지, 하고. 그러니까 그게 뭐든 우선은 받아들이자, 하고 생각하게 되는 것이다.

인생에서 쉬운 일은 정말 하나도 없는 것 같았다. 내 삶을 돌이켜봐도 그렇고, 친구들 삶을 멀리서 지켜봐도 그렇다. 나는 지금까지 사는 게 너무 쉬워서 껄껄 웃는 사람을 한 번도 본 적이 없다. 물론 이 세상엔 그들에게만 유독 삶이 너무 쉬워서 매일 밤마다 파티를 여는 사람들도 있을 것이다. 하지만 대다수의 우리는, 뭐든 쉽지 않다. 지긋지긋한 이 삶에서 벗어나기도 쉽지 않고, 어렵사리 벗어났더라도 새로운 삶에 만족하기 역시 쉽지 않으며, 노력한다고 좋은 결과를 얻기도 쉽지 않고, 잘나가는 친구와 내 처지를 비교하지 않기 또한 역시 쉽지 않다. 아침에 개운하게 일어나는 일은 이미 포기한 지 오래고, 마음 편히 잠에 들기마저 언젠가부터 세상에서 가장 어렵고도 희귀한 일이 되어버렸다.

사는 게 쉽지 않다고 생각될 땐 '쉽지 않다'가 삶의 기본값이라고 생각하면 그런대로 또 살아갈 만해졌다. 나는 그저 기본에 충실한 삶을 살아가는 보통의 인간이라는 깨달음 같은 것. 이런 깨달음이 오면 단 한 시간이라도 하늘에 덜 삿대질하게 됐고, 주변 사람들 탓을 덜 하게 됐으며, 감사하게도 내 탓도 덜하게 됐다. 그렇게 계속해서 깨닫고 또 깨닫다 보면 하루가 지나갔고, 내일이 찾아왔고, 나이가 들었으며, 어제보다 더 나이 든 나는 전보다 삶에 대해 덜 놀라는 사람이 되어 있었다.

그러니 아무리 말이 씨가 되더라도 나는 앞으로도 삶은 쉽지 않다는 말을 계속하며 살게 될 것 같다. 또다시 장애물이 나오면 "아이쿠, 쉽지 않네." 하며 그 장애물을 뛰어넘으며 살아가게 될 것 같다. 분명 그 장애물 앞에서 나는 삶에 화가 날 것이고, 그 장애물을 넘으며 나는 삶을 원망할 것이고, 그 장애물을 넘고 나서는 너무 지친 나머지 삶이고 뭐고 생각하기도 싫어질 것이다. 그러다 이렇게 생각하며 다시 마음의 평화를 얻겠지. 삶은 원래 그런 거라고. 원래 쉽지 않은 거라고. 왜 쉽지 않은지는 묻지 말자고. 쉽지 않아도 어쨌거나 어제는 지나갔고 오늘은 찾아왔다고.

높은 차원의 호불호

고등학교 1학년 때 내 짝은 H였다. 나보다 2센티미터 정도 큰 키에 비쩍 마른 몸매, 굵은 머리카락에, 얼마간 무표정한 얼굴. 우리는 아주 친한 것도 아니고 그렇다고 안 친한 것도 아닌 관계를 유지했는데, 우리 관계가 어떠하든, 나는 H와 놀 때면 마음이 편했다. H는 좋고 싫은 게 분명한 친구였다.

하나부터 열까지 다 싫다고 투정 부리는 그런 류는 아니었다. H가 가만히 있으면 지금 상태를 그럭저럭 마음에 들어 한다는 의미였다. 그러다가 한 번씩 싫은 마음을 표현했다. "나는 이게 참 싫어!" 하며 감정을 폭발하진 않았다. H는 늘상 기운이 좀 없는 편이었는데, 싫은 걸 표현할 때도 힘없는 말투로 "이건 참 별로다." 하고 말했다.

중학교 동창이면서 고등학교 1학년 때도 같은 반이었던 S는 그런 H를 불편해했다. H의 시니컬함이 자기 기분을 상하게 한다고 했다. S는 내가 고등학교에 와서 사귄 친구들을 대개 다 마음에 들어 하지 않았는데, 아마 다 비슷한 이유였을 것이다. 내가 어울리는 친구들은 호불호가 분명하고 소심하지 않으며 조금씩은 다 시니컬했다. 그런데 난 이 친구들하고 있으면 상대가 어떤 마음 상태인지 몰라 고민할 필요가 없어서 편했다. 나중에 알고 봤더니 누가 혼자 기분이 상해 있더라, 하는 이야기는 우리 사이에선 나오지 않는 이야기였다.

여기까지 얘기했으니 조금은 눈치를 챘겠지만, 내가 이런 친구들을 편해했던 건 내가 그런 사람이었기 때문이다. 난 정말 좋은 건 좋고, 싫은 건 싫었다. 어렸을 때부터 그랬다. 특히 싫은 것이 얼마나 많던지. 과장해서 말하면 세상이란 싫은 것투성이로 지어진 집 같았다. 나는 빵꾸 난 양말이 싫었고(엄마는 왜 내 양말이 빵구 난 걸 몰랐을까), 주말마다 여행을 하는 게 싫었고(아빠는 왜 여행을 좋아할까), 과민성대장 증상이 싫었고(여행하는 게 싫은 이유였다, 고속도로에서 배가 아파온다면?), 낮

가림이 싫었고, 고부갈등이 싫었고, 매일 아침마다 학교에 가는 게 싫었고(12년 개근을 한 나도 싫다), 괜히 공포 분위기를 조성하거나 짜증만 내는 선생님들이 싫었고, 그런 선생님들 앞에서 착한 척 고개를 숙이고 있는 게 싫었고, 전교 등수를 복도에 붙여 놓는 것이 싫었고, 야간자율학습이 싫었고, 야간자율학습 시간에 배가 고파 떡볶이를 먹으러 나갔다고 해서 손바닥을 맞는 게 싫었고, 여튼 참 많은 게 싫었다.

대학교에 다닐 때였다. 호프집에서 메뉴판을 들고 안주를 고르는데 맞은편에 앉아 있던 동기가 이렇게 말한 적이 있다.
"이야, 너는 정말 좋고 싫은 게 분명하다. 감자튀김은 딱 싫고, 골뱅이소면은 딱 좋다고 참 단호히도 말을 하네."
엄청 대단한 발견이나 한 듯 히죽거리던 동기의 말을 듣고 사실 속으로 뜨끔했었다. 나는 좋은 건 좋고 싫은 건 싫은 사람이 분명 맞지만, 한편, 이렇게 호불호가 분명한 성격을 죽이려 노력도 하는 사람이었기 때문이다. 내가 H와 있으면 편했던 이유는 내가 애를 써서 겨우 누르고 있던 성격의 일부를 H가 아무렇지 않게 드러낸 데 있었다. H 같은 사람 앞에서라야지 나는 자기검열 없이 마음을 표현할 수 있었고, 또 그 마음이 받아들여지는 경험을 할 수 있었으며, 그래서 더 실컷 웃고 떠들 수 있었다. 나는 선생님이 싫어도 싫은 척하지 않는 학생이었고(정말 싫어했던 그 선생님은 제외), 매주 여행을 가자던 아빠의 말에 툴툴거리기는 했지만 안 따라나선 적이 없는 딸이었으며(아빠도 이젠 매주 어딜 가지도 않지만, 서른 넘어서는 내 쪽에서 안 따라나서기도 한다), 어느덧 싫어하는 것마다 티를 내기가 어렵다는 판단하에 무덤덤하게 존재하는 방법을 터득한 사회인이기도 했다.

긴 시간을 지나왔다. 좋고 싫은 것이 가득 담긴 마음을 어떻게 해야 할지 고민하며. 한때는 좋아하는 것만 생각하며 세상에서 가장 긍정적인 사람으로 살려고 노력한 적도 있고, 또 한때는 긍정에 지쳐 어둠에 푹 파묻힌 채 이 세상과 나는 정말 어울리지 않는다며 체념한 적도 있다. 하지만 이런 과정을 거쳐오면서 다행히 지금의 나는 그럭저럭 좋고 싫은 게 반반씩 있는 사람으로서 친구와 지인들에게 받아들여지고 있는 중이다. 날 만나는 어느 누구도 나를 마냥 긍정적인 사람으로도, 부정적인 사람으로도 보지 않는다. 마냥 착하게도 나쁘게도 보지 않는다. 그냥 이런 건 좋아하고 저런 건 싫어하는 사람으로, 왜 그럴까 하고 의문을 품기보다, 원래 그런 사람으로 바라봐준다.

나는 어려서부터 밍숭맹숭 자기 의견 없이 착하기만 한 사람보다 호불호가 분명한 사람을 좋아했다. 호불호가 분명한 사람보단, '좋은 사람'을 좋아했다. 좋은 사람은 호불호가 없는 사람이 아니라 더 높은 차원에서 호불호를 말하는 사람이다. 좋은 사람의 호불호에는 편견이나 무지가 없다. 그들은 긴 고민 끝에 무엇을 좋아해야 하고, 무엇을 싫어해야 하는지 깨닫는다. 그래서 좋은 사람은 싫어해야 마땅하기에 그것을 싫어한다. 내가 좋아하는 좋은 사람들은 분위기를 망치지 않으려고 좋게 좋게 넘어가지 않는다. 날카롭고 단호하게 "그건 참 아니네요." 하고 말한다. 그들은 그들의 '싫음'에 당당하다. 멋지다. 내 목표 중 하나가 이거다. 나이가 들면서 조금씩 더 좋은 사람이 되어가길. 더 높은 차원에서 호불호를 말하는 사람이 되길.

친구의 퇴사

지난해 가을에서 겨울로 넘어가던 길목이었다. 언니네 집에서 조카의 볼살을 만지며 말랑말랑하고 행복한 시간을 보내던 저녁, 카톡이 울렸다. 스마트폰 배경 화면 위에 문장 하나가 달랑 띄워져 있었다.

'나 사직서 냈다.'

친구 S가 보내온 카톡이었다. 나는 저 문장 다음의 문장을 확인할 것도 없이 바로 S에게 전화를 걸었다. 안 그래도 얼마 전부터 만날 때마다 지친다, 힘들다 토로하던 친구였다.

"어머니는. 어머니는 아셔?"

전화를 걸자마자 나는 친구의 어머니가 이 사실을 아는지 가장 먼저 물었다. 친구의 어머니가 어떤 분이라는 건 어렸을 적부터 봐와서 잘 알았다. 유쾌하고 재미있는 분이시지만(친구의 어머니를 떠올릴 때마다 활짝 웃으실 때 드러나는 보조개가 생각난다), 간혹 친구를 이해하지 못해 친구를 섭섭하게 한 적 있는 어머니였다. 친구의 어머니라면 친구의 퇴사를 극구 말리셨을 게 뻔했다. 내 질문에 친구는 놀라운 대답을 해왔다.

"말 안 했지. 무서워서 말을 못 하겠어."

"너 어떻게 하려고?"

"몰라. 다음 주에 퇴사야. 그전에는 말해야지."

우리는 잠시 침묵했고, 나는 한번 심호흡을 한 뒤 내가 진짜 전화를 건 이유를 밝혔다.

"S야, 무슨 일이 있던 건데?"

친구는 담담히 지난 6개월간의 이야기를 전해왔다. 은행에서 갑작스러운 부서 이동이 있었다고 했다. 아무것도 모르는 채로 수십 억이 왔다 갔다 하는 업무를 떠안았단다. 가장 큰 문제는, 매뉴얼이 없었다는 것. 그럼 어떻게 해야 하는데? 하고 물으니 친구는 물어서 해야지, 하고 대답했다. 일 하나를 처리하려면 하나부터 열까지 옆에 앉은 상사에게 물어물어 터득해야 했다고 한다. 그런데 그 상사가 평상시엔 좋은 사람이지만 신경이 예민해질 땐 친구를 모욕하기 일쑤였단다.

"일도 일이지만 그 사람과의 관계가 너무 힘들었어. 아침마다 출근하기가 너무 끔찍한 거야. 오늘 회사에 가면 나한텐 일이 기다리고 있을 텐데, 나는 그 일을 혼자 힘으론 못 해낼 거야. 그러면 그 사람에게 물어야 하는데 그 사람은 그럼 또 분명 날 모욕할 거라고. 생각해봐. 이 상황에서 내가 잘못한 건 하나도 없는데, 나는 늘 미안해하고 상처받아야 해."

이 정도 설명만 들어도 나는 친구의 지난 몇 개월이 끔찍한 하루하루의 반복이었다는 걸 이해했다. 어려운 문제는 차근차근 풀면 그만이다. 내 앞에 그 문제를 풀 자료가 잔뜩 있다면 밤을 새워서라도 풀면 그만이다. 하지만 문제를 풀어야 하는데 내 손엔 아무 자료가 없고, 단지 옆에 앉은 사람의 선의에만, 아량에만 의지해야 한다면, 이보다 더 답답하고 막막한 상황이 있을까. 하지만 그렇다고 일을 그만두기엔 친구는 어렵게 취업을 했었고, 또 이 일을 크게 싫어하지 않았다. 혹시, 다른 방법은 없었을까.

"말해서 부서를 이동해달라고 하면 안 돼? 너 전에 하던 일은 괜찮았다며."
"그럴 수도 있는데, 그냥 내가 지쳤어."
"많이 지쳤어?"
"보름아, 나 공황장애야."

나는 친구의 이 말을 듣는 순간 눈물이 날 것 같아 아무 말도 하지 못했다. 대답이 없는 나를 두고 친구는 말을 이었다. 공황장애가 온 지는 꽤 됐다고 했다. 참으면 될 거라고 생각했는데 어떻게 참아야 하는지를 모르겠기만 했단다. 그러던, 어느 날이었다. 그날도 친구는 옆에 앉은 상사에게 마음을 단단히 먹고 무언가를 물었다. 그러자 그 상사가 갑자기 불같이 화를 내더니 친구에게 욕을 하기 시작했다. 친구는 누군가에게 이렇게 욕을 먹는 것이 처음이어서 멍하니 그 욕을 다 받았고, 그 순간, 결심했다고 한다. 이러다가 내가 나를 잡아먹겠구나. 얼른 이곳에서 나를 꺼내야겠구나.

친구는 지금 자신의 심리가 굉장히 불안정하다는 것을 인지한 듯했다. 이 상태로는 또 한 번의 부서 이동을 견뎌낼 수 없을 것 같다는 것도. S는 고민 끝에 사직서를 냈다. 그 상사는 당황하면서 좀더 생각해보라며 친구를 말렸다. 친구는 상사에게 그날 자기에게 욕한 걸 기억하느냐고 물었고, 상사는 요즘 자기가 우울증 치료를 받고 있다며 말을 흐렸다. 친구는 더 이상 상사의 죄책감을 자극하지 않았다. 상사도 힘들겠지 싶어서. 아픈데 일을 하는 건 엄청 힘든 일이니까.

친구의 말을 다 듣고 나는 "그래, 잘했어." 하고 말했다. 건강이 먼저고, 아픈 게 다 나을 때까지는 다른 걱정은 하지 말라고도 말했다. 일주일 후, 친구에게 또 카톡을 받았다. 스마트폰 화면에 '엄마한테 말했다.'라는 문장이 띄워져 있었다. 카톡을 확인하자마자 전화를 걸었다.

"어머니가 뭐라셔? 혼내셨어?"

"아니."

"그러면?"

"아무 말 없이 뒤로 드러눕더니 팔을 이마에 올리고는 그냥 가만히 있더라. 그 자세로 알았다고 하던데."

"어머니도 너 힘든 거 이해하셨구나?"

"자식이 지옥에서 살아가고 있다는 걸 눈치챘었나 봐. 엄마가 그러더라. 언젠간 이런 날이 올 줄 알았다고. 차라리 이렇게 돼서 속이 후련하다고. 날 보며 마음 조마조마했었다고."

"야, 너무 다행이다. 부모님이 이해해주시니 네 마음도 편하겠다."

"정말 그래."

원래 친구 중 가장 유쾌했던 S는 회사를 그만두자마자 '아무 생각 없이' 사는 듯했다. 그러다 얼마간의 시간이 지나자 사방팔방 놀러 다녔다. 연락이 될 때마다 노는 중이거나, 노는 걸 계획하는 중이었다. 어느 날은 제주도로, 어느 날은 부산으로, 어느 날은 유럽으로. 매일같이 헬스장에서 운동도 하고, 살을 빼보겠다며 1일 1식을 시도하기도 했다. 그렇게 백수로 지낸 지 반년이 된 즈음, 친구가 카톡을 보내왔다.

'나 일하게 됐어.'

'어디에서?'

'은행.'

'다시 취직한 거야?'

'아니, 6개월 단기로 하는 일이야.'

'그런 것도 있네?'

'그런데 사람들이 그러더라고.'

'뭐라고?'

'은행에서 정규직으로 일하다가 그만두더니 왜 다시 은행으로 돌아와 계약직으로 일을 하냐고. 이럴 거면 왜 그만뒀냐고. 내가 바보 같아 보이나 봐.'

'아파서 그랬던 건데 뭔 정규직이고 계약직이야?'

'내 말이.'

'그래서 어디에서 일하게 됐는데?'

'신촌.'

'오, 그럼 언제 퇴근하고 만나서 놀자.'
'그래.'

경제적으로 안정된 삶, 은행 정규직, 그리고 공황장애 어쩌면 우울증.
경제적으로 불안한 삶, 은행 계약직, 그리고 몸과 마음의 건강.

우리 사회는 어느 쪽의 손을 들어줄까. 전자에서 후자로 넘어가는 사람을 말릴까, 후자에서 전자로 넘어가는 사람을 말릴까. 하지만 여기에서 사회의 의견은 전혀 중요하지 않다. 우리 삶에서 가장 중요한 것들은 결국은 매우 개인적인 것들뿐이어서 개인의 선택만이 중요할 뿐이다. 그리고 나는 개인이 어떤 순간에 어떤 선택을 할 때, 그 선택이 결코 쉽지 않았다는 것을 알기에 그 선택을 열렬히 지지해주고 싶은 사람이다. 어려운 순간에 어려운 선택을 단호히 해냈다는 건, 그 개인은 자신의 삶에서 더 중요한 것이 무엇인지를 깨달았다는 뜻이기 때문이다. 결국은 산다는 건, 나에겐 무엇이 중요한지를 되묻고 되묻는 과정 속에서 조금씩 앞으로 나아가는 일 아닐까. 친구는 건강을 선택했다. 그리고 친구는 앞으로도 되묻고 되물으며 자신에게 중요한 것이 무엇인지 알아가며 건강히 살아갈 것이다.

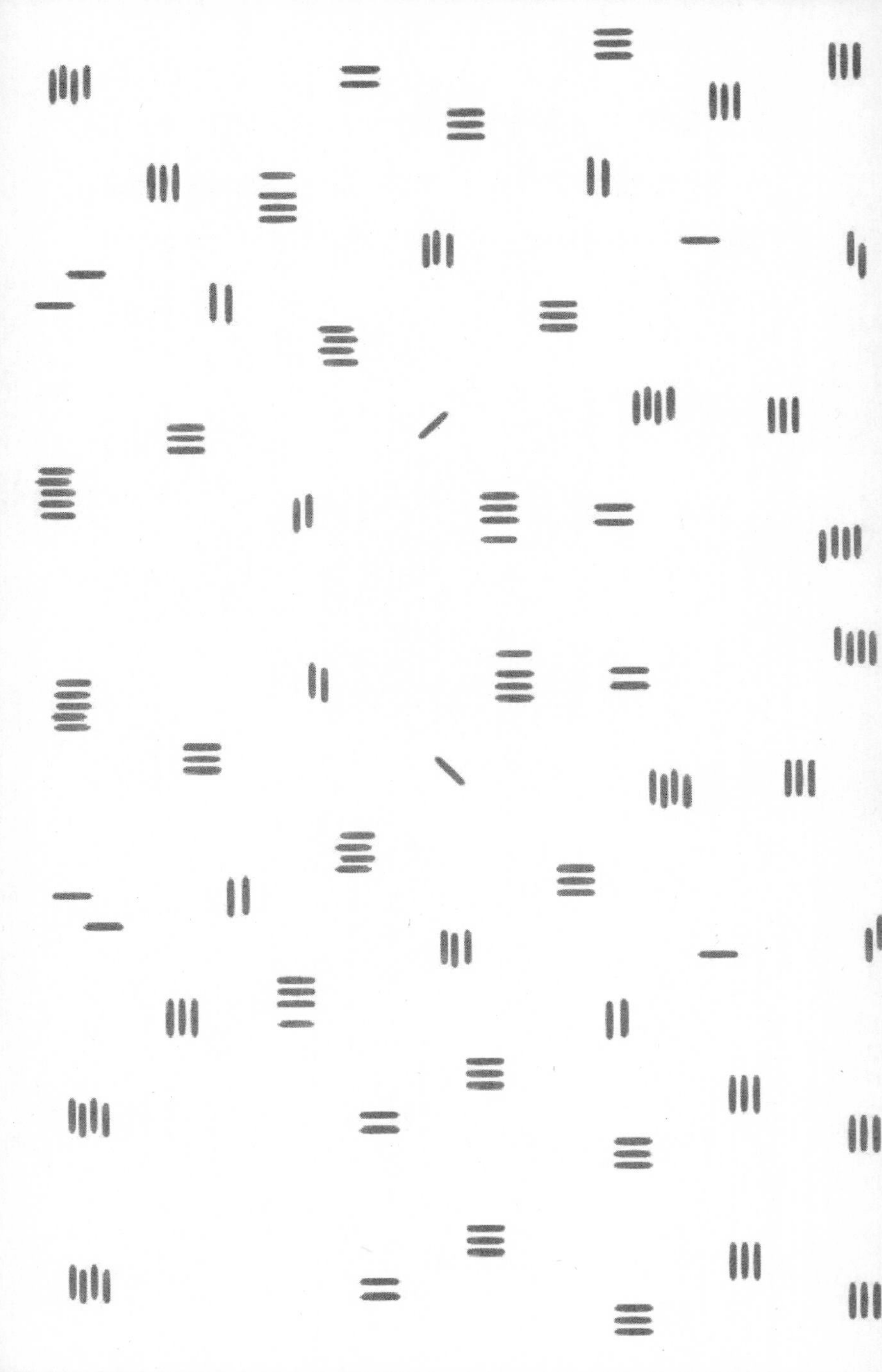

4

나는 매일매일 죽음을 생각할거야

삶이 더없이 단순해지는 곳

오래도록 산티아고 순례길을 꿈꿔왔다. 언젠가 그곳을 걸어봤으면. 그래서 지인이 산티아고를 걷고 돌아왔을 때 나는 그의 모습에 많이 놀랐다. 그는 마치 밤새 게임을 하고 온 사람처럼, 그저 피곤해서 우울해진 사람처럼 보였다. 그의 저 지친 기색이 말하는 바는 무엇일까. 무언가를 물으면 언제나 솔직하게 대답하는 그였다. 나는 그의 입에서 어떤 말이 나올지 기대하며 물었다.

"순례길을 걷고 나니 삶이 조금은 달라진 것 같나요?"
그는 덤덤하게 대답했다.
"아니요."
세상에, 그는 산티아고를 걷고 돌아왔는데도 삶이 하나도 변하지 않았다고 말하고 있었다. 나는 믿을 수 없다는 듯이 눈을 크게 떴다.

“어떤 깨달음 같은 건요?”

그는 아직 시차 적응이 되지 않아 피곤하다면서 느릿느릿 대답했다.

“걷는 게 너무 힘이 드니까 뭘 깨달을 엄두도 내지 못했어요.”

순례길을 걷고 와서 겨우 시차 타령이나 하는 그에게 뭘 더 물어야 할까.

“너무 힘들면 어떤… 경지 같은 데 다다르게 되지 않나요?”

그는 핼쑥한 얼굴을 들어 나를 봤다.

“힘이 들면 힘이 들 뿐이에요.”

그는 죽도록 걷고 왔더니 몸만 축났다고 했다. 걷기 여정이 너무 끔찍했어서 다신 그런 경험을 하고 싶지 않다고도 했다. 나는 그의 말이 진심이라는 걸 알았다. 그가 하는 이야기에는 늘 미화나 과장이나 허세가 없었다. 그래서 그는 말을 많이 하지 않아도 존재감이 있는 사람이었다. 그가 내뱉은 말은 늘 자기 자신을 정확히 가리키고 있기 때문이다. 하지만 그가 어떤 사람이든, 나는 그날 그의 말에 많이 실망했다. 세상에, 산티아고 순례길을 다녀와놓고 이렇게 아무렇지 않은 사람이 있을 수 있다니.

얼마 전 우리는 한 지인의 집에서 오랜만에 만났다. 그날은 그가 산티아고를 다녀온 후 일 년 반쯤이 지난날이었다. 그와 나, 그리고 여러 지인들이 거실에 둘러앉아 이야기를 나누고 있었다. 그때 텔레비전에서 산티아고 순례길에 대한 내용이 방송됐다. 그 방송을 보며 옆에 앉아 조용히 뭔가를 먹기만 하던 그가 말했다.

"저 방송을 보니까 산티아고에 다시 가고 싶어 미치겠어요."

나는 텔레비전에서 눈을 떼 의아해하며 그를 봤다. 끔찍한 경험이었다고 말할 땐 언제고, 이제 와서?

"싫었다며요?"

"싫었죠."

"그런데도요?"

"그런데 또 걷고 싶어요."

"왜요?"

그는 텔레비전 가득 펼쳐진 산티아고 길에 시선을 고정한 채 말했다.

"걷기만 하면 됐으니까요. 아침에 일어나면 오늘 해야 할 일이 딱 하나인 거예요. 목적지까지 걸어가는 거요."

듣자마자 그가 무슨 말을 하는지 알 것 같았다.

"삶이 단순해져서 좋았다는 거군요."

"네, 삶이 더없이 단순해졌어요. 그곳에선."

그가 말을 이었다.

"저 길을 걸을 때 말고 언제 또 그렇게 단순해질 수 있겠어요."

나는 그의 말을 들으며 고개를 끄덕였다. 그가 하는 말이 정확히 무슨 말인지 이해할 수 있었다. 나 역시 삶이 단순해졌던 적이 있다. 몇 년 전 제주를 한 달간 혼자 여행할 때였다. 그때의 내 일과는 아침에 일어나 밥을 먹고 길을 나서 걷거나 뛰다가 목적지에 도착하면 또 밥을 먹는 것이었다. 아침에 일어나 오늘 해야 할 일을 따져볼 때마다 '오늘도 걷기만 하면 된다' 하고 생각하게 되면 지금 이 상황이 꿈만 같았다. 세상에, 내가 해야 할 일이 걷기뿐이 없다니.

그렇게 매일 걷고 또 걷다가 한 20일쯤 지난 어느 날이었다. 아침부터 폭우가 쏟아졌다. A4용지만 한 창문으로 밖을 가늠해보니 눈앞 10미터 앞도 잘 안 보이는 듯했다. 그래도 걷기로 했다. 게스트하우스를 나서 동네길을 5분쯤 걸으니 해안도로가 나왔다. 해안도로 끝에서 끝까지 사람 한 명 보이지 않았다. 두두두둑 우산을 때리는 빗소리를 들으며 걷는데, 나는 문득 엉엉 울기 시작했다. 비바람이 몰아치고 있고, 해안도로를 혼자 걷고 있으며, 나를 보는 사람이 아무도 없으니 나오는 울음을 억지로 멈출 이유가 없어서 나는 계속 울었다. 울면서 생각했다. 내가 지금 왜 울고 있지. 그때 이런 생각이 들었다. 나는 지금 자유로워서 우는 것이구나.

과연 자유가 눈물의 원인이 될 수 있는 것인지, 나는 알지 못했다. 그래도 나는 그날 내 눈물의 원인을 내 마음대로 이렇게 해석하기로 했다. 나는 지금 내가 해야만 하는 모든 것들로부터 놓여나 있고, 이 놓여남에 익숙해진 상태고, 그렇기에 삶이 더없이 단순해졌으며, 따라서 자유롭고, 또 자유로우니 눈물을 흘리게 된 것이라고. 나는 어렴풋이 자유가 무엇인지도 알게 된 것 같았다. 자유란, 단순한 삶이로구나.

그렇다면 한 달간의 제주도 여행은 내 삶을 변화시켰을까. 변화시키지 않았다. 제주도 여행 전과 후의 나는 어쩌면 완전히 똑같다. 깨달음을 얻지도, 몸이 튼튼해지지도, 혼자 하는 여행을 즐기게 되지도, 여행을 다른 시각으로 바라보는 관점을 얻지도 못했다. 그러니 내가 산티아고 순례길을 걷고 온 지인에게 어떤 변화를 기대했던 것이 웃긴 일이었다. 나도 변하지 않았는데, 그라고 별수 있었겠나.

그래도 이렇게 생각해볼 순 있었다. 우리 둘 다 과거 언젠가 삶이 더없이 단순해지는 시간을 보내봤다고. 삶의 어느 순간에 우리는 단순해졌다. 아무것도 생각할 필요 없었다. 아무것도 할 필요 없었다. 그저 걷기만 하면 됐다. 이후 우리의 삶은 하나도 변하지 않았다. 하나도 변하지 않은 것 같았다. 그러나 우리는 가끔 그때를 기억하곤 한다. 그리고 삶은 기억을 통해 형태를 얻게 된다는 점에서, 하나의 기억이 더해지거나 빠진다면 삶의 형태가 달라진다는 점에서, 역시 그 단순해졌던 시간으로 인해 우리의 삶은 달라진 것이 맞았다. 나는 그에게 그의 삶이 달라졌다는 사실을 말해주고 싶었으나 말하지 않았다.

그날 그는 계속 말없이 텔레비전을 보고 있었고, 나는 그에게 또 물었다. 산티아고 순례길을 걸으면서 가장 신경 쓰였던 점이 무엇이냐고. '베드버그'라고 했다. 그걸 피할 방법이 없었느냐고 묻자 조심할 순 있으나 완벽히 피할 방법은 없다고 했다. 나는 그에게 베드버그에 물려본 적이 있느냐고 물었고, 그는 당연히 그렇다고 했다. 그는 언제나처럼 조금은 기운 없는 말투로 산티아고 순례길을 회상했다.

"베드버그에 물렸다는 걸 깨닫자마자 입고 있던 옷을 몽땅 다 벗어버렸어요. 가방까지 빨고 건조했고요. 그런데도 베드버그가 없어지지 않았어요. 베드버그는 눈에 보이지 않아요. 너무 작아서. 계속 몸을 긁으며 걸어야 했어요. 걷는 내내 정말 죽을 맛이었어요."

치킨집 사장님의 미소

연휴를 맞아 온 가족이 언니네 집에 모였다. 저녁엔 뭘 먹을까 하다가 낙점된 메뉴는 동태찜과 치킨. 언니와 내가 치킨을 맡았다. 직접 가서 사면 2천 원이 할인된다기에 우리는 치킨집을 향해 걸었다. 치킨집이 더, 더 멀리 있어도 그곳까지 걸어갈 의지가 불끈 솟는 날이었다. 햇볕은 따뜻하고 바람은 시원하고 공기는 깨끗했다.

치킨은 전화로 미리 주문을 해두었다. 후라이드치킨 한 마리. 치킨집에선 30분 정도 걸릴 테니 천천히 오라고 했지만 우리는 이미 집을 나섰기에 그냥 가서 기다리기로 했다. 치킨집 사장님에게 우리가 왔음을 알리고는 테이블에 자리를 잡았다. 내가 앉은 테이블에선 이곳의 주방 상황과 주문 상황이 훤히 다 보였다. 계단대 앞에 선 사장님의 얼굴 표정과 손짓까지도.

새로 지어진 아파트 옆에 새로 생긴 치킨집이었다. 인테리어가 깔끔했고, 아직 구석구석에 먼지도 쌓이지 않았을 것 같았다. 사장님과 일하는 사람들의 표정에도 피곤한 기색은 읽히지 않았다. 좌충우돌하는 모습에서 당황한 기색이 읽히기는 했다. 치킨집 사장님은 이런 일 자체를 처음 하는 듯했다. 주문을 받으면 주문 내용을 입력하는 동시에 주방에 그 사실을 알리고, 얼마간 시간이 흐른 후에 나온 결과물을 배달 기사에게 들려 보내는 일련의 과정이 힘에 부쳐 보였다.

가방만 매면 그대로 등산을 해도 될 것 같은 옷차림의 사장님은 검색대 앞에서 자꾸 머리를 매만졌다. 포장된 치킨들이 계산대 테이블 위에 놓여 있었지만, 어찌 된 일인지 그 치킨들은 출발하지 못했다. 대충 어림잡아봐도 배달 기사는 벌써 5분째 그곳에 서서 사장님의 오더를 기다리는 중이었다. 하지만 사장님은 도대체 어느 치킨이 어느 곳으로 가야 하는 것인지 알지 못했고, 보다 못한 아르바이트생이 치킨들을 하나 하나 파악한 후에야, 치킨들은 그들을 기다리는 스윗 홈으로 떠나갈 수 있었다.

치킨들이 떠나가고도 사장님은 고심하는 표정으로 계산대에 뭘 자꾸 입력해 넣었다. 그러다가 치킨이 포장되어 나오면 다시 조금 정신을 잃는 듯했고, 또 어찌어찌 치킨은 치킨집을 떠났다. 나는 이곳이 돌아가는 상황을 관심 있게 주시하다가 다리를 쭉 펴면서 벽에 등을 기댔다. 나에게 예감이란 게 왔다. 아무래도 이대로 가다간 예상 시간을 훌쩍 넘겨서야 치킨을 받아 들고 집에 갈 수 있을 것만 같은 예감.

이렇게 생각하게 된 결정적인 계기가 있었다. 우리가 도착한 순간에도 이미 기다릴 대로 기다린 듯 보이던 남자가 더는 기다리지 못하겠는지 사장님을 채근했기 때문이었다. 하지만 그의 채근은 내가 지금껏 본 채근 중 가장 부드러운 채근이었고, 그의 부드러움에 용기를 낸 사장님이 이렇게 말하는 걸 나는 똑똑히 들을 수 있었다.

"그러면, 지금 나온 이 치킨을 가져가시는 건 어떠실까요. 후라이드 반, 간장 반이에요."

아무래도 치킨이 잘못 나온 모양이었다. 무릎까지 내려오는 분홍 반바지를 입고 있던 손님은 놀란 표정으로 말했다.

"전 후라이드 시켰는데요. 집에 애들이 있어서 매운 건 못 먹어요."

사장님은 계산대를 두 손으로 꽉 잡고는 남자의 말을 조심스럽게 받아쳤다.

"애들도 간장 좋아하는데……."

분홍 바지 남자는 사장님의 말에 잠시 망설이는 듯하더니 손에 쥐고 있던 휴대폰을 바라보다가 큰마음을 먹은 듯 전화를 걸었다. 남자는 휴대폰에 대고 말했다. 저기, 치킨이 많이 늦어지는 것 같은데 다른 치킨을 가져가도 될까? 응, 그렇게 됐어, 어, 후라이드 반, 간장 반, 여기 사장님 말로는 애들이 간장을 좋아한다는데? 괜찮을까? 그래? 알았어.

그렇게 방금 한 남자가 자기가 주문하지도 않은 치킨을 들고 나가는 모습을 바라보며 나는 언니에게 말을 걸었다. 마음 같아선 '언니는 인생이 뭐라고 생각해?' 하고 묻고 싶었으나(이래야 길게 대화할 수 있을 테니까), 대신 조카가 왜 매운 걸 못 먹는지 물었다. 우리도 조카가 매운 걸 먹지 못해서 후라이드치킨을 사 가려는 거였으니까.

언니와 내가 두런두런 이야기를 나누는 사이 옆 테이블 남자가 자리에서 일어났다. 빈 테이블에 콜라 잔 하나를 올려놓고 묵묵히 기다려오던 남자였다. 드디어 그가 주문한 치킨이 나온 모양이었다. 남자는 사장님에게서 치킨 두 개를 받아 들고는 뭐라뭐라 말을 했는데, 그 모습을 통해 나는 그가 치킨집 개업을 축하해주기 위해 일부러 온 고향 후배나 학교 후배쯤 되리라고 추측하게 되었다. 후배 같다고 느낀 건, 그의 표정이 딱 후배들이 선배들을 보며 짓는 표정이었기 때문이다. 공손하면서 어딘지 어린 표정.

후배와 이야기를 마친 사장님은 다시 계산대에 무언가를 입력하기 시작했고, 그러다가 문득 어떤 생각이 들었는지 우리를 쳐다봤다. 사장님은 우리에게 다가와 조금만 더 기다려달라고 말했다. 언니와 나는 함께 "네."라고 대답했는데 이때 언니가 사장님에게 물었다. 치킨 나오기 전에 먼저 계산해도 될까요. 나는 불가능하리라고 봤다. 이곳 시스템은 아직 선결제를 감당하지 못할 것 같았다. 치킨이 나오면 계산을 할 수 있을 뿐, 계산을 먼저 하고 치킨을 기다리는 건 아직 이곳에서 불가능한 일일 것이 뻔했다.

내 생각이 맞았다. 언니의 요청에 사장님은 당황한 얼굴로 죄송하지만 치킨이 나와야 계산이 가능하다고 말했다. 언니는 알겠다고 말한 뒤 자리에 앉았는데 나는 그런 언니에게 속삭였다.

"언니, 여기 사장님이 많이 서툴러 보여. 이런 곳에선 변수를 만들면 안 돼. 딱 정석으로 행동해야 해."

이미 30분은 지나 있었지만 웬일인지 조금도 짜증이 나지 않았다. 그냥, 새로 문을 연 치킨집 장사가 잘되는 모습에 내 마음이 다 좋았던 것 같다. 어쩌면 사장님 얼굴 표정 때문이었는지도 모르겠다. 그의 얼굴은 잠시 잠깐 당황할 때만 빼놓고는 계속 미소를 띠고 있었다. 본인도 자기가 이렇게 어리숙하게 구는 것이 재미있는 모양 같았다. 처음이니 어쩔 수 없지하는 마음이 읽히기도 했다. 사장님은 다행히 완벽주의자가 아닌 듯했고, 자기 자신에게 너그러운 사람 같았다. 새로운 일을 시작하기에 딱 알맞은 성격인 듯했다.

사장님의 얼굴을 보며 나는 막연히 이곳이 잘됐으면 좋겠다는 생각을 했다. 나는 치킨을 먹지 않으려고 노력하는 사람이지만, 그럼에도 불구하고 이곳은 잘됐으면 좋겠다고 생각했다. 그냥, 다 잘됐으면 좋겠다. 그 어떤 것이든 새로 시작하는 사람들은 다 잘됐으면 좋겠다. 그들이 그들의 미숙함, 어리숙함, 실수 등을 이곳 사장님처럼 미소로 뛰어넘었으면 좋겠다. 계속 그 일을 잘해나갔으면 좋겠다. 이런 막연한 바람을 품고, 나는 계속 기다렸다. 여러 사람의 노동을 거쳐 정갈하게 포장되어 나올 치킨을.

어설픈 채식주의자

5년 전, 교토 여행을 했다. 지인이 교토 여행을 할 때면 묵곤 한다는 게스트하우스에 짐을 풀었다. 한국인 여성과 결혼한 일본인 남성이 운영하는 게스트하우스였다. 1층에는 공용 공간이 마련되어 있었고, 우리가 잠을 잘 다다미방과 도미토리는 2층에 있었다. 게스트하우스에서 가모가와강까지는 걸어서 7분 정도. 나는 이 게스트하우스가 가모가와강과 가깝다는 점이 가장 마음에 들었다.

그다음으로 마음에 드는 건, 저녁마다 한 판 거하게 펼쳐지는 술자리. 함께 여행 온 지인들과 밤마다 술을 마셨다. 어느 날엔 이스라엘과 브라질에서 왔다는 외국인들과도 합석했다. 술이 모자라면 나와 지인이 얼른 자리를 박차고 일어나 편의점으로 달려가 술을 사왔다. 우리는 교토 밤공기를 가르며 차갑고 맛있는 맥주를 향해 여러 번 달려야 했지만, 언제나 기꺼이 달렸다.

안주는 밥도 되면서 안주로도 잘 어울리는 각종 스시와 해산물, 그리고 샐러드가 주를 이뤘다. 나는 그때 태어나서 두 번째로 채식을 하는 중이었는데, 동행들은 이런 나를 여러모로 신경 써줬다. 해산물을 내 앞에 놓아주기도 하고, 샐러드를 덜어주기도 하고. 채식이니 뭐니 유난을 떤다고 경계하는 대신 유연하게 타인을 받아들이는 그들의 모습에 살짝 감동받았더랬다.

그 게스트하우스에는 아르바이트생도 한 명 있었다. 삼십대 초중반쯤 된 우리나라 사람이었다. 교토 여행을 하다가 그 게스트하우스에 묵게 됐고, 이후 그곳에 계속 묵으며 아르바이트를 하고 있다고 했다. 어딘지 생각에 잠긴 것도 같고, 어딘지 불편한 것 같기도 한 표정으로 그는 우리 테이블에 섞여 들었다. 그는 말을 많이 하는 편은 아니었지만 이런 상황에 익숙한 듯 자연스레 자기 얘기를 꺼내놓았다. 그는 돈이나 성공보다는 자유를 추구하는 사람 같았다.

나와는 별로 말을 주고받지 않던 그였다. 그런데 그가 갑자기 맥주를 벌컥벌컥 들이켜고 있는 내게 따지는 듯한 투로 말을 걸어왔다.

"채식주의자예요?"

나는 맥주를 테이블에 내려놓으며 "그렇다고 할 수 있죠."라고 대답했다.

"그런데 해산물은 먹네요?" 하고 그가 물어서 나는 "먹어요, 해산물은." 하고 대답했다. 나는 이어 "소고기, 돼지고기, 닭고기만 안 먹어요." 하고 말을 했다.

"고기만 왜 안 먹어요?"

그가 재차 물어와서 나는 내가 고기를 먹지 않게 된 이유를 간단히 설명했다.

"공장식 축산 관련 책을 읽었어요. 고통받는 동물들, 환경오염 같은 거요. 비슷한 책 몇 권 읽었더니 고기를 못 먹겠더라고요."

그러자 그는 아까보다 더 따지는 듯한 투로 내게 말했다.

"식물은 고통을 안 느낀다고 누가 그래요? 동물만 생명체고

식물은 생명체가 아니에요? 안 먹을 거면 다 안 먹어야 하는 거 아니에요?”

나는 그의 말에 대답하는 대신 그의 얼굴을 쳐다봤다. 누군가가 동물의 고통을 이야기하면 고통에 공감하는 대신 평소엔 관심도 없는 식물의 고통을 운운하는 사람의 얼굴을. 나는 그가 나더러 제발 식물의 고통도 좀 알아달라고 호소하고 있는 게 아니라는 것쯤은 알았다. 그는 그냥 내가 고기를 먹지 않는다는 사실이 불편할 뿐일 터였다. 내가 그에게 채식을 강요하고 있지도 않은데, 나는 그뿐만 아니라 내 가족에게도 채식을 강요한 적이 없는데, 그는 나를 불편해했다. 어차피 다신 안 볼 그 사람의 말에 애써 대꾸할 필요를 못 느낀 나는 대충 아무 말로 대꾸를 한 뒤 그와 다시는 말을 섞지 않았다.

이후 5년간 나는 고기를 안 먹었다가, 다시 먹었다가, 왔다 갔다 하다가 지금은 다시 달걀과 생선까지는 먹는 페스코테리언으로 얼추 자리를 잡았다. 하지만 어설프게 자리를 잡은 탓에 한 달에 두세 번 정도는 돼지고기나 소고기, 닭고기를 먹긴 한다. 오래도록 고기를 안 먹다 보니 이젠 먹으려고 해도 어차피 한두 점뿐이 못 먹긴 하지만.

처음 채식을 시도할 때부터 나는 어차피 내가 철저한 채식주의자가 되지 못하리라는 건 알았다. 그래도 덩어리 고기를 삼가는 것만으로도 동물에게 이로운 행동이라고 생각했다. 지금의 이 모든 문제는 결국 우리가 고기를 너무 많이 먹어서 벌어진 일이니까. 실제 채식 관련 책을 읽으면 우리더러 완벽한 채식주의자가 되라고 하지는 않는다. 완벽한 채식주의자 한 명보다 나처럼 어설프더라도 고기를 자제하는 사람이 백 명 생기는 것이 동물에게도, 지구에게도 더 이롭기 때문이다. 그래서 나는 더 많은 사람들이 고기를 덜 먹었으면 좋겠다. 아예 안 먹는 게 아니라 덜 먹기. 이 정도는 누구나 할 수 있는 일이라고 생각한다.

육식을 윤리와 연결 짓는 이야기를 들으면 이렇게 말하는 사람들이 있다. 인간은 원래 잡식동물이었고, 또 고기를 먹느냐 안 먹느냐는 취향의 문제이므로 어느 누구도 강요하면 안 되는 거라고. 인간은 원래 잡식동물이었다는 말에는 별로 토를

닮고 싶지 않다. 얼마 전에 읽은 채식 관련 책에서는 우리의 이 모양으로 판단하건대 인간은 원래 채식동물이었다고 말하고 있었지만, 어찌 됐건 인간이 현재 잡식동물로 살고 있는 건 맞으니까. 하지만 취향의 문제라는 말에는 적극적으로 고개를 끄덕이기가 어렵다. 이제 육식은 취향의 문제를 넘어서서 좀더 복잡하고 위태하고 안타까운 지점으로 우리를 데려가고 있기 때문이다.

이번에 책을 읽으며 다시금 육식이 지구환경에도 큰 영향을 미치고 있다는 사실을 재확인했다. 우리가 고기 한 점을 더 찾을 때마다, 지구환경은 한 뼘 더 나빠진다는 것. 그 많은 소와 돼지에게 곡식을 먹이기 위해 아마존 밀림이 쉴 새 없이 파헤쳐지고 있다는 것. 공장에서 흘러나오는 축산 폐수가 강과 바다를 오염시키고 있다는 것. 전 세계 온실가스 배출량 가운데 공장식 축산에서 배출되는 양이 16.5%나 차지한다는 것(2010년 기준). 공장이 공장 주변에 사는 가난한 이들의 삶의 질을 떨어뜨리고 있다는 것.

이런 상황에서 육식은 조심스러워져야 하는 것 아닐까. 어쩔 수 없이 고기를 먹어야 할지라도, 이렇게 말하는 게 어떨지 모르겠지만, 너무 맛있게 즐기며 먹진 않아야 하는 것 아닐까. 너무 더운 여름날, 에어컨을 켜면서 마음이 불편한 것처럼 말이다. "와, 시원하다!" 하다가도 마음 한켠이 불편해지듯 "와, 맛있다!" 하다가도 마음 한켠이 불편해진다면, 고기도 조금은 덜 먹으려 애쓰지 않을까. 우리는 더위로 죽을 수도 있으므로 에어컨을 켜지만, 에어컨을 켜지 않는 게 더 이로운 일이라는 걸 안다. 우리는 오늘 저녁 고기를 먹지만, 고기를 먹지 않는 게 더 이로운 일이라는 것도 알았으면. 나는 지금처럼 앞으로도 어설픈 채식주의자로 살아가게 될 텐데, 내 목표는 하나다. 조금이라도 고기를 덜 먹어야지. 동물을 위해, 지구를 위해, 우리를 위해.

나는 매일매일 죽음을 생각할 거야

새해를 며칠 앞두고 만난 자리에서 예전에 알고 지낸 회사 동료가 갑자기 죽었다는 이야기를 들었다. 그의 하얗고 선한 얼굴이 떠올라 말문이 턱 막혔다. 나보다 고작 두 살 더 많던 이의 갑작스러운 죽음. 누구나 언제든 죽을 수 있는 건데, 우리는 언제나 타인의 죽음 앞에서만 잠시 잠깐 죽음을 떠올리게 되는 것 같다. 이를 의식했던 걸까. 아무도 입을 떼지 못하고 있자 L이 이렇게 말했다.

"나는 매일매일 죽음을 생각할 거야."

그녀는 말을 이었다.

"그래야 제대로 살아갈 수 있을 것 같아. 아직은 살아 있으니 제대로 살고 싶어. 나한테 정말 소중한 것만 생각하며 살 거야. 그러려면 나는 언제든 죽을 수 있다는 걸 잊어선 안 돼."

우리는 모두 L의 말에 고개를 끄덕였다.

"맞아, 우리는 언제든 죽을 수 있으니까 매일 잠에서 깨어날 때마다, 매일 잠을 자려 누울 때마다 우리에게 소중한 게 뭔지 생각하며 살아야 해. 그 외의 것들에 너무 많은 욕심을 부리지 않고 살아야 해."

내가 죽음에 관해 가장 골몰히 생각했던 때는 이십대 후반이었다. 나는 죽음이 뭔지 잘 몰랐지만, L의 말대로 제대로 살기 위해선 죽음을 생각하며 살아야 한다는 건 알고 있었다. 내가 죽는다는 사실은 믿기 어려웠어도 열심히 죽음을 생각했다. 내가 죽는 순간의 모습도 상상해봤다. 젊을 때 죽는 건 도통 상상이 되질 않아 나는 매번 할머니가 된 채 죽어 있었다. 죽은 나의 마음은 평안했고, 죽은 나의 얼굴엔 미소가 피었고, 죽은 나의 주위엔 내가 좋아하던, 나를 좋아하던 몇몇 사람들이 둘러서 있었다.

마지막을 상상하고 났더니 무언가 조금 분명해지는 것 같았다. 죽는 순간에 내 곁에 있었으면 좋을 것들. 이것들을 추구

하며 산다면 너무 많은 후회를 하며 죽을 것 같진 않았다. 죽는 순간 마음이 평안하려면 아무래도 좀 지혜로운 할머니가 되어야 할 터였고, 죽는 순간 미소를 지으려면 타인에 해를 끼치지 않으며 살아야 할 터였고, 죽는 순간 좋아하는 사람들에게 둘러싸이려면 많은 사람이 아닌 내가 좋아하는 사람들에게 충실한 삶을 살면 될 터였다.

죽는 순간을 생각했더니 내가 그전까지 바라던 것들이 실은 내가 좋아서 바란 것들이 아니란 걸 알게 되었다. 마치 그 정도는 바라야 할 것 같아서 바랐던 것 아닐까. 남들도 다 바라니까 덩달아 바랐던 것 아닐까. 나는 이십대 후반에 특정 브랜드의 외제차를 무척 갖고 싶어 했다. 지나가면서도 그 차만 보이면 "어? 내 차다!" 중얼거릴 정도였다. 그런데 죽음을 생각하자 그 차 생각이 쏙 들어갔다. 차 같은 건 아무렴 상관없어졌다. 나한테 외제차가 열 대가 있다고 해서 죽는 순간에 "이 정도면 만족한 삶이었군." 하고 생각하게 될 것도 아니었다.

죽음을 생각하는 건, 내 안에 가득 찬 욕망들을 하나씩 들여다보는 작업 같았다. 살아가다 보면 나도 모르게 내 몸과 마음 여기저기에 다닥다닥 달라붙어버리고 마는 욕망들. 우리를 앞뒤 재지 않고 달리게끔 만드는 욕망들. 이중 나를 나로 존재하게 하는, 나를 더 나로 살게 하는 욕망도 있는 걸까. 혹, 잘못된 욕망에 이끌려 한 60년쯤 산 후에야 실은 이 욕망은 나를 행복하게 하는 것이 아니었다고 알게 되는 것 아닐까. 어떤 욕망들은 그 욕망을 가졌다는 것 때문에 우리 삶을 더 팍팍하고 더 무미건조하게 만드는 것 같았다. 삶을 행복이 아닌 불행 쪽으로 몰고 가는 '만들어진' 욕망들. 난 이 욕망들에 적당히만 휘둘리기로 마음을 먹었다. 욕망이 삶을 잡아먹지 않을 정도로만 욕망하기로.

마치 열병을 앓는 것처럼 죽음에 대한 생각으로 골똘하던 때였다. 덕분에, 서른이 넘어선 즈음의 나는 그전보다 조금은 덜 욕망하는 사람이 되어 있었다. 욕망, 까짓것 별것 아니라는 생각도 하게 되었다. 앞으로는 내 욕망의 근원을 찾아주는 책을 읽으며 욕망에 끌려다니는 대신 욕망을 이해하는 쪽으로 삶의 방향을 틀어보고 싶기도 했다. 지인 중 한 명은 고등학교 때부터 담배를 폈는데, 어느 날 금연 관련 책 한 권을 읽더니 한번에 담배를 끊었다. 어떻게 끊을 수 있었느냐 묻자 친구는 그 책을 읽으니까 담배를 필 이유가 없어졌다고 말했다. 자기가 왜 담배를 피우게 됐는지 이해했더니 담배 생각이 안 나더라는 말이었다. 욕망도 마찬가지 아닐까.

요즘엔 그때만큼 죽음에 관해 생각하며 살진 않는다. 그럼에도 가끔은 죽음을 생각한다. 내가 삶에 관해 뭔가 착각하고 있는 것 같을 때 죽음을 생각하면 죽음은 삶에 관해 말을 해준다. 죽음은 나를 더 나답게 살도록 이끌어주어 내가 삶을 더 지혜롭게 견딜 수 있도록 도와준다. 여전히 욕망과 다투고 있는 내 손을 꼭 잡아주며 죽음은 이렇게 말해주기도 한다. 더 많이 갖기 위해 너무 애를 쓰지 말라고. 너에게 중요한 마음의 평안, 미소, 소중한 사람들을 생각하라고. 그래도 된다고. 죽음이 그래도 된다고 할 때면, 긴장으로 뻣뻣하게 굳었던 몸과 마음이 다시금 조금씩 풀어지곤 했다.

누군가에게 마음을 쓰는 일

대학교 1학년 한 학기를 마치고 처음으로 아르바이트를 했다. 동기 중에 제주에 사는 친구가 둘이라, 몇 주 후 제주에 놀러 가기로 해서였다. 여행을 하려면 여행 자금이 있어야 하는 건 당연. 부모님에게 매달 용돈을 받아 쓰는 것도 모자라 여행 자금까지 달라는 건 안 될 말이었기에 나는 급히 아르바이트를 구했다. 마침, 친구의 언니가 돈이 쏠쏠히 벌리는 아르바이트를 하고 있었다.

중소기업 제품을 주유소에서 파는 아르바이트였다. 우리는 매일 아침 한 사무실에 모였다. 인원이 다 모이면 그날그날 상황에 따라 주변 주유소에 배치됐다. 우리가 팔아야 할 품목은 룸미러와 와이퍼. 둘 다 만 원이었다. 하나 팔면 2천 원이 나한테 떨어졌다. 10개를 팔면 2만 원, 20개를 팔면 4만 원을 벌 수 있었다. 오전 10시쯤 일을 시작해 오후 4시쯤 일을 마쳤다.

가뜩이나 낯을 가리는 애가 쉴 틈 없이 분주히 돌아가는 주유소에서 특정 행동을 자연스럽게 해내기 위해서는 시간이 필요했다. 처음 며칠은 거의 허탕에 가깝게 몇 개 팔지 못했다. 물건을 팔려면 우선 손님에게 다가가 말을 걸어야 하는데, 무엇보다 말을 걸려면 이 행동을 먼저 해야 했기 때문이다. 주유 중인 차로 다가가 운전석 창문을 톡톡 두드리기. 창문을 톡톡 두드리면 대부분은 눈만 보일 정도로 아주 조금만 창문을 내려줬다. 그러면 나는 우선 꾸벅 인사를 한 뒤 그 틈에다 대고 집에서 달달 외워온 영업 멘트를 읊었다.

"안녕하세요. 혹시, 와이퍼 교체 안 하셔도 돼요? 제가 오늘 아주 좋은 와이퍼 하나 소개해드리려고 하는데요. 이 제품으로 말할 것 같으면……."

"안녕하세요. 혹시, 지금 쓰는 룸미러 괜찮으세요? 제가 오늘 아주 좋은 룸미러 하나 소개해드리려고 하는데요. 이 제품으로 말할 것 같으면……."

특히, 룸미러를 팔 때는 과감하게 손을 자동차 안으로 쑥 들이 밀어 고객이 직접 룸미러의 성능을 확인하게 해야 했다. 손을 불쑥 넣는 내 행동이 불쾌할지도 모르겠다고 생각했지만 그땐 다른 방법을 찾지 못했다. 그래서 욕도 더러 들어먹었고, 불쾌함을 느낀 손님이 창문을 올린 바람에 팔이 낀 적도 있었다.

처음엔 버겁기만 하던 '톡톡 두드리기'가 차츰 익숙해졌다. 어느새 영업 멘트도 입에서 술술 흘러나왔고 여유 있고 유머러스한 손님들과는 농담도 주고받았다. 딱 봐서 사줄 만한 사람에게 다가가는 능력치도 올라갔고, 창문 틈으로 팔을 쭉 들이밀 때 상대를 불쾌하지 않게 할 최선의 태도도 익혔으며, 손님이 원할 땐 순식간에 와이퍼를 교체할 수도 있게 됐다. 내 목표는 여행 자금을 모으는 것이었기에 여행 자금이 다 모이고는 바로 일을 그만뒀다. 한 3주 정도 일했던가. 겨우 3주 일했을 뿐인데도 유독 잊히지 않는 에피소드가 몇 개 있다.

이 세상엔 방금 전까진 살 생각이 전혀 없던 어떤 것을, 그 물건을 파는 사람을 봐서 사주는 사람들이 있었다. 창문을 열어줘서 팔을 쭉 집어넣고 룸미러 성능을 확인시켜주려는데, 딱 봐도 크고 깨끗한 새 룸미러가 달려 있는 상황. 재빨리 상황 파악을 끝내고는 팔을 슬쩍 빼려 하면 놀랍게도 만 원을 건네는 사람들이 있었다. "수고하시네요." "알았어요. 하나 주세요." 하고 말하며. 어떤 손님은 내게 학생이냐고 물은 뒤 학생이라고 하자 룸미러, 와이퍼를 하나씩 다 사가기도 했다.

주유소에서 일하던 어떤 분도 기억이 난다. 한 곳에 배치되면 적어도 사나흘은 그곳에서 물건을 팔았다. 주유소 직원들 입장에서는 못 보던 애가 어느 날 불쑥 나타나더니 뭘 판답시고 주유소 여기저기를 왔다 갔다 하는 게 귀찮았을 수도 있다. 주유가 끝나면 얼른 카드를 받고 계산을 해야 하는데, 내가 창문에 달라붙어 떨어질 생각을 안 하니 짜증도 났을 거다. 그런데도 단 한 번도 그분들에게 나쁜 소리를 들은 적이 없다.

대신, 도움을 받았다. 어느 날은 고객이 원해 와이퍼를 교체해주고 있었다. 그런데 와이퍼가 녹이 얼마나 슬었으면 아무리 힘을 줘도 빠지지가 않았다. 차를 뽑고 나서 와이퍼를 한 번도 교체하지 않았을 게 분명했다. "제가 와이퍼 교체해드릴게요!" 하고 당당히 말해놓은 터라 이제 와서 못한다고 할 수도 없어, 식은땀이 날 만큼 긴장이 됐다. 이거 어떡하지. 주유 끝나기 전에 교체해야 하는데.

그런 내 모습을 주유소 아르바이트생이(사실 직원인지 아르바이트생인지는 모르겠다) 조용히 지켜보고 있었던 것 같다. 나이도 나와 비슷해 보였던 그와는 말 한마디 나눈 적도, 눈 한번 마주친 적도 없었다. 그런데 그가 쩔쩔매는 내게 다가와 손에 공구 하나를 턱 쥐어주는 것 아닌가. "이거로 해보세요."라며. 손으로 안 되면 이 공구로 툭툭 건드려보라는 뜻 같아 그렇게 하니 바로 와이퍼가 빠졌다. 나는 하늘이 도운 것 같은 기분을 느끼며 얼른 와이퍼를 교체하고 손님을 무사히 보내드렸다. 그사이 그 아르바이트생은 공구를 가지고 자기 자리로 돌아가 있었다.

어느 주유소에서는 주유소 사람들과 같이 점심을 먹기도 했다. 고속도로 진입 전에 있는 주유소에 배치받은 날이었다. 내가 이전까지 있던 주유소들과는 달리 조금 한산한 곳이었다. 그래서 건물 외부 계단에 멀뚱히 앉아 이 일을 끝내면 가게 될 제주도 여행을 떠올려볼 여유도 있었다. 고등학교 수학여행으로 한 번 가본 게 전부인 곳인 데다가 처음으로 친구들끼리만 가는 여행. 도대체 이런 여행은 얼마나 재미있을지 상상이 되지 않았다.

그렇게 멀뚱히 앉아 있다가 뜻밖의 제안을 받았다. 이리 들어와 함께 밥을 먹자고 했다. 거절할 주변머리도 없던 나는 무거운 엉덩이를 일으켜 건물 안 식당으로 들어갔다. 그곳에는 이미 주유소 사장님부터 직원들까지 죽 둘러앉아 있었고, 내가 들어가자 식당 아주머니가 내 앞으로 삼계탕을 내어주셨다. 날개 하나나 다리 한쪽이 아니라 닭 반 마리였다.

모르는 사람과 밥을 잘 먹지 못하던 나는 그날 닭이 코로 들어가는지 귀로 들어가는지 모를 정도로 혼미해진 채 힘겹게 밥을 먹었다. 그러는 와중에도 호기심은 발동했다. 여긴 맨날 이렇게 맛있는 밥을 먹는 건가. 반찬 가짓수도 많았고 하나같이 맛도 있었다. 나는 다음 날도 또 식당으로 불려 들어가 코와 귀로 밥을 먹었는데, 둘째 날 역시 식탁 가득한 음식들 맛이 뛰어났다. 마치 근엄한 아버지처럼 말없이 밥 먹는 데 열중하던 사장님은 다른 건 몰라도 누구든 밥은 든든히 잘 먹어야 한다고 생각하는 듯했다. 그런 그의 생각이 나를 이 식당으로 불러들였으리라.

도저히 안 되겠기에 셋째 날엔 배가 아프다는 핑계로 밖에 앉아 있는 걸 택했다. 집에서 가지고 온 초코바를 먹으며, 지나가는 차들을 바라보며, 여행 생각 틈틈이 물건을 파는 게 훨씬 마음이 편했으니까.

일을 그만두고 긴 시간이 흘렀는데도 여전히 그때의 일들이 기억나는 이유는 그 3주간 나는 내가 해야 할 일만 생각하느라 정신이 하나도 없었는데, 다른 누군가는 내게 마음을 쓰고 있었다는 사실 때문인 것 같다.

한 사람이 타인을 위해 기꺼이 마음을 쓰는 모습을 볼 때마다 나는 감동한다. 그래서인지 드라마나 영화를 보다가 아무도 안 울 때 혼자 훌쩍거리는 일이 잦다. 별것도 아닌 소소한 장면에 마음이 울컥해지기 때문이다. 한 사람이 무심히 길을 걷다가 우연히 타인을 물끄러미 바라보는 장면 같은. 그 바라봄의 끝에 처음 보는 타인을 위해 무언가를 하고 마는 장면 같은. 지갑에서 만 원짜리를 꺼내고 마는. 말없이 공구 하나를 건네고 마는. 같이 밥을 먹자고 제안하고 마는. 사람이 사람에게 마음을 쓰는 이런 이야기들은 오래도록 잊히지 않는다.

우선 하고 보는 사람

K와는 글쓰기 수업에서 처음 만났다. 글쓰기 수업 뒤풀이에서 몇 번 이야기를 나누며 얼굴을 익혔는데, 어느 날은 그가 내게 물어왔다. 혹시 자기가 참여하고 있는 독서 모임에 한 번 와보지 않겠느냐고. 지인들과 매주 일요일마다 독서 모임을 진행하고 있는데, 인원 충당이 필요한 시점이라고 했다. 오래 고민할 것도 없었다. 나도 마침 독서 모임을 다시 해보려던 참이었으니까. 책을 좋아하는 또 한 명의 친구와 함께 독서 모임에 참여하기 시작했다.

독서 모임이 끝나면 친구와 함께 청계천을 걸었다. 가끔은 K도 걷기에 합류했다. 우리는 걸으면서 모임에서는 책 이야기를 하느라 다 하지 못한 우리의 이야기를 나누었다. 나는 글을 쓰며 살고 싶으나 그게 쉽지 않다는 이야기를 했고(그 당시, 나는 만나는 사람마다 이 이야기를 지겹도록 늘어놓았다), 친구는 학교에서 아이들을 가르치는 고충을 이야기했으며, K는 앱 개발에 관한 전반적인 이야기를 들려주었다. 그때만 해도 앱 개발에 관한 이야기가 핫이슈가 되어 뜨겁게 오고 가던 때였다. 앱으로 창업 신화를 이루었다는 이야기, 앱 시장이 얼마나 무궁무진할지 알 수 없다는 이야기가 경제, 사회, IT 분야에서 쏟아져 나오고 있었다.

그날도 앱에 관한 이야기를 나누다가 가방에서 휴대폰을 꺼내 K에게 보여주었다. "나도 얼마 전에 다운로드한 앱이 있어요." 하고 말하며. 일정 관리 프로그램이 필요해서 검색하다가 제일 위에 있던 앱을 다운로드한 거였다. K는 내가 다운로드한 앱을 가만히 쳐다보더니 조금은 부끄러워하며 말했다. "이거 제가 만든 앱이에요. 시장에 일찍 진입해서 운이 좋았어요." 나는 놀란 마음에 그의 얼굴을 뚫어져라 쳐다보았다. 마치 내가 재미있게 읽고 있던 책의 저자를 만난 기분이었다.

일 년 반 정도 이어진 독서 모임을 그만두게 되었다가 몇 년 만에 다시 나가게 되었다. 이번에도 K가 다시 나오겠느냐고 물어왔고 나는 또 흔쾌히 받아들였다. 우리는 책 이야기를 시작하기 전엔 늘 서로의 근황을 먼저 묻는다. 책 이야기를 하다가도 어느새 잡담이 시작되고, 그러다가 다시 책 이야기로 돌아갔다가 마지막엔 서로 하고 싶은 말을 하다가 일어난다.

이번 주에 K가 한 이야기는 여러 가지였는데, 그중 기억나는 건 운영하고 있던 카페 문을 잠시 닫아두려 한다는 말이었다. 앱 개발에 더 박차를 가해야 하기 때문이라고 했다. 인문학 책을 열정적으로 읽다가도 일에 집중해야 할 땐 자기계발서를 읽으며 마음을 다잡곤 한다는 K는 앱 개발에 관련한 이야기를 또 여러 개 들려주었다. 얼마 전엔 어떤 사람이 이렇게 물어왔다고 했다.

"앱을 개발하려면 어떻게 해야 하느냐는 거예요."

"그래서 뭐라고 대답해줬는데요?"

"그냥 뻔한 답을 해줬어요."

"응? 왜요?"

"그 사람이 정말 앱을 개발하고 싶어 하는 건지 모르겠더라고요."

K는 말을 이었다.

"그 사람이 앱을 정말 개발하고 싶어 했다면 이미 시작했어야 한다고 생각했어요. 사람들한테 물어보고 다닐 게 아니라. 그렇잖아요. 하고 싶은 일이 있는데 왜 물어보고만 다니면서 시작을 안 해요. 저는 그건 정말 하고 싶어 하는 게 아니라고 생각했어요. 그림을 그리고 싶으면 그림은 어떻게 그리는 거냐 물어보고 다닐 게 아니라 얼른 스케치북하고 연필을 사서 그리기 시작해야 한다고 봐요. 그렇게 혼자 그리다가 잘 모르겠을 때 물어볼 수는 있죠."

"무슨 말인지 알겠어요."

"그런가요. 전 제가 좀 까칠한가 싶어서요."

"어디선가 그런 글을 읽은 적 있어요. 글을 쓰고 싶다는 기분과 글을 직접 쓰는 건 다른 거라고요. 글쓰기 책도 이런 식으로 시작하는 책이 있어요. 글쓰기 책을 아무리 읽어도 글 실력은 늘지 않는다. 직접 써봐야 는다."

"그렇죠."

K의 이야기를 들으며 역시 자기 주관이 뚜렷한 K답다 싶었다. K에게 앱 개발은 어떻게 하는 거냐고 물은 그 사람으로선 뻔한 답에 실망했을 수도 있지만, 그 사람이 정말 앱 개발을 하고 싶어 한다면 뻔한 답에 실망한 것도 잠시 당장 코딩을 한 줄이라도 해봤을 것 같았다.

세상에는 세 종류의 사람이 있다. 무슨 일이든 이것저것 치밀하게 따져본 뒤에 시작하는 사람. 이것저것 따져볼 것 없이 마음이 끌리는 대로 우선 하고 보는 사람. 막연히 하고 싶다는 마음을 품고는 이 마음만을 즐기면서 아무것도 시작하지 않는 사람. K는 자신은 두 번째 사람을 좋아하고, 또 자기 자신 또한 그런 사람이라고 말하고 있었다. 그렇다면, 나는. 다른 건 몰라도 글은 바로 시작했던 것 같다. 글을 쓰고 싶다는 마음이 생기자마자.

가끔씩이라도 서로의 내면을 보자고

두 달 전쯤 친구에게서 카톡이 왔다. 오늘 B를 만날 건데 나도 나오겠느냐고 했다. 나는 할 일이 있어서 나가지 못하겠다고 대답했다. 그런데 궁금했다. B는 왜 만나는 건데?

"다른 일로 통화하다가 내가 요즘 힘들다고 하소연을 좀 했어. 그러니까 만나자고 하네."

힘들다고 하소연? 친구는 이렇게만 말하고 뭐가 힘들어서 하소연을 했는지는 말해주지 않았다. 잠깐 고민했다. 지금 전화를 걸어 친구에게 뭐가 힘드냐고 물어야 할까. 그 하소연을 나에게도 하라고 해야 할까. 하지만, 친구에게 전화를 걸면 족히 30분은 쓰게 될 터였다. 그날의 난 지금은 기억나지도 않는 어떤 이유로 친구에게 30분을 쓰지 못했다.

그날 이후 매일마다 생각했다. 친구는 뭐가 힘들었을까. 그날 얘기는 잘 됐을까. B는 충분히 위로의 말을 해줬을까. 나는 정말 그렇게나 바빴던 걸까.

이런 생각을 하던 중에 영화 〈미스 스티븐스〉를 봤다. 아이들에게 '미스 스티븐스'로 불리는 레이첼은 이십대 후반의 영어 선생님이다. 그녀는 학생 세 명을 데리고 연극 대회에 참가한다. 학생 중 한 명이 티모시 샬라메가 연기하는 빌리다. 행동 장애를 앓고 있는 빌리는 약을 복용 중이다. 한마디로, 요주의 인물인 셈. 그런데 이 매력적인 녀석 같으니라고. 하는 말마다 어찌나 정곡을 찌르는지.

영화 초반 빌리와 레이첼이 이야기하는 장면. 어딘지 산만해 보이는 빌리에게 레이첼은 걱정스러운 얼굴로 묻는다. 너, 요즘 누구랑 얘기는 하니? 그러자 빌리가 랩을 하듯 재빠르게 대답한다.

"얘기할 사람이 있다고 해서 얘기할 수 있는 건 아니잖아요."

이 말은 나중에 차 안에서 또 다른 학생 마고의 입을 통해 다시 한번 반복된다.

"매일 같이 지내고 별 얘길 다 하는데 우린 서로 잘 몰라요."

빌리와 마고는 알고 있다. 그냥 말과 진짜 말의 차이를. 타인에게 아무런 영향도 미치지 못할 말과 타인의 마음으로 진입하는 말의 차이를.

레이첼의 임무는 이 아이들을 연극 대회에 무사히 참가시켰다가 무사히 집으로 돌아가게 하는 것이었다. 학생 앞에서 선생님은 완벽한 어른이어야 한다. 아이들과 마찬가지로 그녀 역시 흔들리고 있다는 것을 들키면 안 된다. 지금 그녀가 상실의 아픔을 견뎌내느라 매일 밤 힘겨워하고 있다는 사실도 숨겨야 한다. 하지만 섬세한 빌리의 눈엔 레이첼의 슬픔이 보인다. 빌리는 슬퍼하는 사람 앞에선 어떻게 행동해야 하는지 안다. 그 사람을 웃게 하면 된다. 그 사람의 이야기를 들어주면 된다. 여기 당신의 이야기를 들어줄 사람이 있다는 걸 알려주면 된다.

레이첼의 슬픔을 본 빌리는 그녀를 위로하고 싶어한다. 그녀에게 다가가 어깨를 내어주려 한다. 하지만 선생님이자 어른인 레이첼은 끝내 빌리를 밀어내고 두 사람은 서먹해졌다. 학교로 돌아온 선생님과 아이들. 레이첼은 빌리에게 진심으로 말한다. 빌리야, 부모에게 기대, 부모는 그러라고 있는 거야. 그러자 빌리가 레이첼에게 말한다.

"선생님도 누군가에게 기대야 해요."

연극 대회에서 레이첼은 한 남자 선생을 만났다. 레이첼은 그에게 선생 노릇 하기가 너무 힘이 든다고 말한다. 그러자 그 선생은 그렇지 않다고 대꾸한다. 아이들과 감정적으로 엮이지만 않는다면 선생 노릇도 그리 어려운 것이 아니라고. 그는 선생 일을 좋아하고, 또 자기는 꽤 능력도 있다고 했다. 다만, 자기는 아이들의 외면만을 본다고. 아이들의 졸업이나 성공 같은 것들. 그는 레이첼에게 충고한다. 내면은 보지 마세요. 내면을 보면 힘이 드니까요. 남자 선생은 말한다.

"바깥에 머무르세요."

하지만 레이첼은 그의 말을 이해할 수 없다.

"어떻게 바깥에 머물러요? 아이들이 눈앞에 있는데."

이 영화를 보고 나니 친구에게 연락을 하고 싶어졌다. 너무 늦긴 했지만, 친구에게 묻고 싶었다. 그때 왜 힘이 들었느냐고. 연락했더니 친구는 쿨하게 답을 해왔다. 별거 아니었어. 그냥 상사 새끼 때문에. 이때의 내 심정은 이랬다. 나는 많은 순간 어쩔 수 없이 너의 외면에 머물겠지만 가끔이라도 너의 내면을 보려 노력하겠다고, 너의 말을 들어줄 내가 여기 있다는 걸 가끔이라도 네게 확인시켜주겠다고, 네가 누군가에게 기대고 싶을 때 나를 떠올릴 수 있게 해주겠다고, 지금처럼. 그리고 너도 가끔 그래 주길 바란다고 나는 속으로 생각했다. 가끔씩이라도 서로의 내면을 바라봐주는 친구로 남자고. 진짜 말을 주고받아 보자고.

서로 통한다는 건

알베르 카뮈는 우리는 나이 들수록 우리를 자유롭게 하는 사람과 살아야 한다고 말했다. 우리가 누군가와 꼭 '살아야' 하는 건 아니니까 나는 이 말을 이렇게 바꾸고 싶다. 우리는 나이 들수록 우리를 자유롭게 하는 사람과 '만나야' 한다고. 이는 지혜로우면서 적극적인 태도다. 나를 자유롭게 해주는 사람과 어울리며 나 자신을 있는 그대로 놓아두려는 지혜로운 태도이자, 그런 그들이 있는 장소로 나를 데려가겠다는 적극적인 태도.

말은 이렇게 했지만, 사실 나는 지혜롭지도 적극적이지도 않았는데 다행히 나를 자유롭게 하는 사람들과 교류하고 있다. 니체는 자기 자신만의 길을 가는 사람은 아무도 만나지 않는다고 했지만, 나는 나름 나만의 길을 걷고 있는데도 좋은 사람들을 많이 만났다. 내게 좋은 사람들이란, 함께 대화 나누는 게 즐거운 사람들, 그러니까 잘 통하는 사람들 말이다.

서로 통한다고 해서 꼭 같은 생각을 하고 있다는 뜻은 아니다. 나는 나와 생각이 다른 사람들과 이야기를 할 때도 역시 통한다고 느낀다. 내가 "나는 이렇게 생각해." 하고 자유롭게 말하면 그들은 "아, 너는 그렇게 생각하는구나." 하며 내 생각을 있는 그대로 바라봐준다. 어쩌면 그들은 내 생각에 동의하지 않을 수도 있고, 심지어 완전히 반대로 생각하고 있을 수도 있다. 하지만 그들은 나를 신뢰하기에 내 생각을 신뢰하고, 그렇기에 섣불리 "아니야, 네 생각은 틀려."라고 말하지 않는다.

이런 태도만 전제한다면 생각이 다른 사람들하고도 대화는 술술 흘러간다. 나는 한 번도 생각하지 않았던 방식으로 생각하는 그 사람이 마냥 신기하고, 또 심지어 이야기 듣는 게 재미있기까지 하다. 이때 내 추임새는 "맞아! 진짜 그렇다니까! 내 말이 그거야!" 류가 아닌 "정말? 진짜 그렇게 생각한다고? 웬일이야!" 류가 되지만, 그렇다고 지금 이 대화가 지루하고 불쾌하다는 뜻은 아니다. 상대방 또한 내가 말을 하면 놀란 눈이 되었다가 의아한 눈이 되었다가 호기심 가득한 눈이 되었다가 종국에 "그렇구나!" 하고 추임새를 넣는데, 이렇게 대화는 깔끔하게 끝이 난다.

나에게 서로 통한다는 건, 그럼에도 불구하고 고개를 끄덕이는 일이다. 끄덕이는 고개의 의미는 너의 말을, 생각을, 삶을 이해하려 노력한다는 뜻이다. 완전히 이해하진 못하더라도, 이해하려 노력은 하는 것이다. 끝내 이해하지 못하더라도, 네가 그런 생각을 하게 된 연유가 있으리라는 것, 그 생각을 추동하는 감정을 갖게 된 이유가 있으리라는 것을 이해하려는 것이다. 이해의 끝엔 받아들임이 있고, 대신 자기 자신을 내세우기 위한 설득은 없다. 서로 통하는 사람들끼리 영향을 주고받을 수 있다면, 그건 설득이 아닌 서로의 '멋짐'에 있을 것이다. 살아가는 방식과 태도가 멋진 그 사람에게 어떻게 영향받지 않을 수 있을까.

섣불리 말하지 않기

‘예스24’에서 인터뷰를 하게 된다는 소식을 듣고부터 불안해졌다. 내가 얼마나 이 인터뷰를 하고 싶어 했는지와는 별개로, 나는 말을 잘 못하는데 내 말이 그대로 글이 될 것이라 생각하니 아찔했다. 가끔 내가 어떤 주제에 관해 하는 말을 녹음해서 듣곤 한다. 내가 그 주제에 관해 얼마나 알고 있는지 확인하기 위해서다. 말을 하면 금방 탄로가 난다. 머리로는 알고 있는 것 같아도 실상은 내가 그 주제에 관해 아무것도 모르고 있다는 사실이.

그래서 나는 무언가에 대해 말해야 할 때, 말보다 글이 훨씬 편하다. 문장을 세상에 내놓고 난 뒤의 마음이 더 편하다는 말이다. 말은 고칠 수 없지만, 글은 고칠 수 있으니까. 말은 바로 뱉어야 하지만, 글은 심사숙고할 수 있으니까.

인터뷰가 걱정스러운 건 내가 말을 해야 한다는 그 자체에서 오는 불안감 때문이기도 했지만, 혹시나 내가 술술술 대답하지 못할까 봐이기도 했다. 인터뷰어가 질문을 퉁 쳐서 보내오면, 그 즉시 답을 퉁 쳐서 보내는, 그런 일련의 리듬이 나 때문에 깨질까 봐 걱정이었다. 인터뷰어가 내가 당연히 알 만한 것에 관해 물었는데 내가 아무 대답도 못하면 어떻게 하지, 독서에 관해 쓴 사람이라면 누구나 한 번쯤은 생각해봤을 특정 관점에 관해 물었는데, 이 또한 대답을 못하면 어떻게 하지, 나만의 인생 책을 꼽으라는데 갑자기 머릿속이 하얘지면 어떻게 하지, 내가 말을 너무 못해서 인터뷰어가 짜증을 내면 어떻게 하지, 끊임없는 어떻게 하지 속에서 나는 미리부터 주눅이 팍 들어버렸다.

인터뷰는 앞으로 한 달이 남아 있었다. 한 달 동안 불안에 떨며 안절부절못하고 있을 텐가, 아니면 뭐라도 하면서 그 시간을 버틸 텐가. 뭐라도 해야겠다는 생각에 나는 내가 받을 수 있는 질문이란 질문은 다 생각해봤다. 그에 대한 대답도 빼놓지 않고 준비했다. 대답을 글로 써보았고, 그 글을 입으로 말해봤다. 내 말을 녹음도 했다. 취업 면접 이후로 이렇게 열심히 말 연습을 하는 건 처음이었다.

내 책을 마치 처음 읽는 사람처럼 정독도 했다. 그러면서 내가 독자라면 궁금해할 만한 부분을 발췌했다. 발췌한 문장을 놓고 차근차근 생각을 정리해나갔다. 이 작업은 생각보다 재미있었다. 내가 쓴 문장 하나하나마다 '내가 왜 이 문장을 썼지?' 하고 묻다 보니 내 문장의 근거를 정확히 되새길 수 있었다. 근거를 확신하게 되니 자신감이 생겼다. 적어도 내가 쓴 문장에 관해서는 정확히 대답할 수 있을 듯했다. 다른 건 몰라도 문장을 허투루 쓰는 사람이라는 평은 듣지 않겠다 싶었다.

인터뷰 날이 왔다. 홍대입구역 근처에서 인터뷰를 진행했다. 나는 예스24 기자님에게 내가 말을 못 한다는 사실을 먼저 털어놓았다. 기자님은 친절한 태도와 목소리로 그런 건 걱정하지 말라고 말해주었다. 한 시간 넘는 인터뷰를 어떻게 끝냈는지 모르겠다. 받은 질문 가운데 반 이상은 미처 준비하지 못한 질문이었다. 그런 질문들에도 할 수 있는 한 나의 생각과 가장 가깝게 대답하려 노력했다. 나중에 인터뷰 기사를 읽으니 연습한 티가 너무 나는 것 같았지만, 그래도 어쨌든 걱정했던 일이 무사히 지나갔다는 사실에 기뻤다.

그런데 인터뷰를 하고 시간이 얼마간 흐른 후에야 나는 내가 얼마나 어리석은 걱정을 했던 건지 알게 되었다. 방금 받은 모든 질문에 즉각적으로, 그것도 완벽하게 대답을 하고 싶어 했다는 것 자체가 매우 오만한 생각이었다. 사람은 모든 것에 관해 생각하며 살 수 없고, 모든 것에 관해 의견이 있을 수 없다. 그러니 모든 질문에 척척 답을 내놓으며 살아갈 수는 없는 거였다. 그런데도 답을 못할까 봐 그렇게나 전전긍긍했다니.

얼마 전 만난 지인이 이야기를 하나 들려주었다. 지인은 유발 하라리의 열혈 팬이다. 그의 책을 다 읽었고 지금은 원서까지 섭렵해가는 중이라고 했다. 유튜브에 있는 유발 하라리 영상 또한 백 개 이상 봤다고 했다. 그런데 어느 영상에서 인터뷰어가 유발 하라리에게 어떤 질문을 하자 유발 하라리가 그 질문에 대답을 하지 않겠다고 했다는 거였다. 나는 물었다.

"왜 대답을 안 하겠다는 건데요?"

지인이 대답했다.

"유발 하라리가 그러더라고요. 자기는 생각해보지 않은 것에 대해선 말하지 않는데요. 그러니까 유발 하라리가 하는 말에 즉흥성은 없는 거예요. 다 깊은 사유의 결과라는 거죠."

생각해보지 않은 것에 대해선 말하지 않기. 곱씹을수록 신중한 태도이자 당당한 태도였다. 유발 하라리의 태도는 비단 일생에 한 번 있을까 말까 한 인터뷰에만 적용할 태도는 아니었다. 일상에서도 나는 얼마나 자주 제대로 알지도 못하면서, 단지 말을 해야 할 것 같아서 말을 하고 또 했던가. 도대체 몇 번이나 '이놈의 주둥이'를 탓하며 이불을 차고 또 찼던가. 나는 이젠 억지로 말을 만들어내려는 노력은 하지 않기로 했다. 모르겠으면 모르겠다고, 생각해보지 않았으면 생각해보지 않았다고 말하기로 했다. 섣불리 말하지 않기. 앞으로 죽 견지하고픈 태도다.

진솔한 '라떼' 타령가

태지 오빠가 6집 앨범 〈울트라맨이야〉를 들고 컴백했을 때 나는 대학교 2학년이었다. 태지 오빠가 은퇴를 번복하고 돌아온다는 소문이 들릴 때만 해도, 나는 내가 오빠를 다 잊은 줄 알았다. 스타가 눈에서 멀어지면 팬도 마음을 접게 되는 법. 그런데 아니었다. 태지 오빠가 컴백하던 날 나는 입장권을 구하지도 못했는데 올림픽공원 공터에 앉아 목이 쉬어라 '울트라맨이야!'를 외치고 있었다. 내 옆에는 나의 친언니와 언니의 친구들이 주르륵 앉아 있었는데, 언니들은 태지 오빠가 다시 돌아왔다는 사실이 자꾸만 감격스러운지 쉬지 않고 눈물을 흘렸다.

그해는 나도 모르던 나를 발견한 해였다. 내 안에 그토록 뜨거운 열정의 춤신이 살고 있는지 나조차 몰랐다. 내가 춤을 추는 모습을 본 남자 사람 친구는 머뭇거리며 말했다. "너, 지금 좀 미친 것 같아." 나는 칭찬으로 받아들였다. 오빠가 곱게 땋은 빨간 머리를 흔들며 울트라맨을 외칠 때 나는 오빠보다 더 유연한 허리를 굽혔다 폈다 하며 오빠를 따라 미친 듯 헤드뱅잉을 했다. 처음 보는 남녀들과(주로 여자) 몸을 부딪치며 사지를 흔들고, 달달 외운 음악에 맞춰 절도 있게 팔을 하늘로 쭉쭉 뻗고, 머리에 앉은 벌을 털어내듯 사정없이 머리를 좌우로 털고, 또 며칠 말을 못해도 된다는 마음으로 성대가 나가라 노래를 불렀다. 오빠 공연에 갔다 온 다음 날이면 나는 뒷자리에 앉아 있는 친구를 돌아보지 못했다. 근육통 때문에 목이 뒤로 돌아가지 않았다.

그 시절 나의 스케줄은 태지 오빠 공연에 정확히 맞춰져 있었다. 이틀 후 오후 6시에 공연이 있다고 하면 나와 나의 남자 사람 친구와 친언니와 친언니의 친구들은 우선 그날 하루를 비웠다. 만사를 제쳐놓고 공연을 쫓아다녔다. 시험 기간이라고 해서 쫓아다니지 못할 이유는 없었다. 시험 시간하고 겹

치지만 않으면 된 거지. 선착순 입장이라는 진땀 나는 조건 때문에 우리는 지하철 첫차를 타고 공연장으로 향했고, 돗자리를 펴고 앉아 그 자리에서 공업수학 2나 C++ 프로그래밍을 공부했다. 공부를 하다가 시험 시간에 맞춰 학교에 갔다가 시험을 친 후 다시 공연장으로 돌아왔다. 성적이 어떻게 나오든 상관할 게 뭐랴. 평생 다시 보지 못할 것 같던 태지 오빠가 우리 곁으로 돌아와 노래를 불러주는데!

어떤 때는 공연 장소를 알지 못한 채로 집을 나서기도 했다. 공연 장소를 미리 알려주자 우리처럼 새벽부터 집을 나서거나 아예 며칠 전부터 줄을 서는 사람들이 생긴 탓이었다. 우리의 일상과 건강과 안전 등등을 고려한 오빠의 세심한 배려였다. 하지만, 배려를 받은 우리는 그저 혼란스러웠다. 집을 나서고는 있는데, 어디로 가야 할지 모르는 상황이라니. 그 시절 엄마와 우리의 대화.

"엄마, 우리 공연장 간다."

"공연을 어디서 하는데?"

"아직 몰라."

"뭘 몰라?"

"공연을 어디에서 하는지 모른다구."

"그럼 지금 어딜 가는 건데?"

"공연장."

우리는 무작정 지하철을 탔다. 오늘은 왠지 2호선 라인 어디쯤에서 공연을 할 것 같다는 누군가의 느낌에 의지한 채. 정각 5시(어쩌면 4시나 6시)에 장소 발표가 있을 것이란 건 알지만 그래도 혹시 모르니 1초라도 더 먼저 듣기 위해 우리는 수시로 사서함을 체크하고 또 체크했다. 오늘 공연 장소가 발표됐다. 홍대 ○○클럽이라고 했다. 2호선이다! 장소가 발표되면 우리는 지하철 안에서부터 몸을 만들었고, 지하철 문이 열리면 정말 곧 죽어도 된다는 듯이 공연장으로 뛰었다. 그런데도 공연 시작 30분 전, 입장이 불가하다는 통보를 받기도 했다. 우리는 실망했을까? 물론 실망했다. 그럼에도 우리는 공연이 있는 날엔 줄곧 달렸다. 오빠를 향해.

이랬던 내가 언젠가부터 텔레비전을 보며 고개를 절레절레

흔든다. 아이돌 눈짓 손짓 몸짓 하나하나에 열광하고, 젊고 매력적인 축구선수에 달려드는 아이들을 보며 '아이고, 얘들아, 세상엔 중요한 게 더 많단다.' 같은 생각이나 하고 앉아 있는 것이다. 저럴 시간에 다른 걸 해야지 싶고, 저기에 쓸 에너지를 다른 데 써야지 싶다. 그러다가 춤신으로 살아가던 지난 나날을 떠올리곤 얼른 제정신을 차린다. 아, 이건 내가 할 소리가 아니구나, 싶어 남몰래 반성도 한다.

세상에서 가장 두려운 것이 꼰대가 되는 것인 최근 몇 년, 내가 나를 보며 생각하건대 꼰대란 '라떼' 타령을 하며 기억 조작을 하는 사람이다. '라떼는 말이야'라는 말의 끝에는 절로 과거를 헤집어대는 꼬챙이가 달려 있다. 잘난 척을 하고 싶어 '라떼는…' 하며 운을 떼다가도, 헤집어진 과거에서 자신이 저지른 행각들이 주마등처럼 머리를 스쳐지나가는 것이다. 그 결과 아무것도 모르는 철부지 애들에게 나의 빛나는 과거를 들먹이며 뭐라도 하나 말해주겠다던 결심은 무너지고 콜록콜록 마른기침을 하며 물을 들이켜게 된다. 이로써 우리는 아슬아슬하게 꼰대에서 비껴간다.

그런데 우리의 꼰대들은 헤집어진 과거에도 아랑곳하지 않을 만큼 굳세다. 꿋꿋하게 자신의 역사를 자기 입맛에 맞게 새로 쓰며 맛없는 '라떼'를 건네고 또 건넨다. 선택적 분노가 아닌 선택적 망각에 심취한 그들은, 기억하고 싶은 것만 기억하고, 기억하기 싫은 건 일부러라도 기억하지 않는다. 특히 사회적으로 성공한 사람들에게서 이런 선택적 망각은 두드러진다. 그들은 피 말리게 치열했던 과거를 수시로 떠올리고, 성공 후 그 성공을 지키기 위해 또 얼마나 피나는 하루하루를 살아가고 있는지 기억한다. 하지만 그들은 그들이 어떤 인맥을 놓치지 않으려 얼마나 자주 치졸해져야 했는지, 도대체 몇 번이나 남의 기회를 빼앗았는지, 도대체 몇 번이나 유치원 시절에 배운 원칙을 포기했는지, 도대체 몇 번이나 슬퍼하고 분노해야 할 때 그러지 않았는지 기억하지 않는다. 그저 그들이 이룬 성취만을 기억하며 당당한 척 굴 뿐. 이렇게 다시 쓰여진 역사에 자기 자신도 홀랑 넘어가 스스로가 이렇게 마음에 들고 흡족할 수가 없기에, 무한 '라떼' 타령에 빠지게 되는 꼰대들. 가까이하기 싫은 사람이 되는 것이다.

마흔쯤이 되면서부터 그전에는 없던 소망이 하나 생겼다. 젊은 친구들이 기꺼이 입과 귀를 열어주는 할머니가 되고 싶다는 소망이다. 젊은 친구들이 스스럼없이 농담을 건네는 할머니로 늙었으면 좋겠다. 나는 라떼 타령 자체가 잘못됐다고는 생각하지 않는다. 가끔은 과거의 내가 안타깝고 후회스럽고 대견하고 그리워서 사람들에게 마구 얘기하고 싶어지기도 하니까. 다만, 진솔한 라떼 타령가가 되어야겠다 싶다. 거짓 없이 진솔하게 나의 지난 삶을 이야기하는 것이다. 단점과 장점을 두루 가진, 불행과 행복을 두루 경험한, 가끔은 비겁했고 때로는 용기를 냈던, 상처를 주기도 받기도 한 보통의 인간이었던 나의 지난 삶을 역시나 보통의 삶을 살아가고 있을 그들에게 이야기하고 싶다.

선을 잘 그으며 살고 싶다

얼마 전 글쓰기 수업에서 롤모델에 관한 이야기를 나눴다. 학생 중 한 분이 자신의 롤모델은 누구이며 그를 왜 롤모델로 생각하는지를 이야기했다. 수업을 이끄는 사람으로서 나는 그 이야기를 집중해서 들어야 했지만, 순간적으로 그만 내 생각 속으로 쓱 빠져버렸다. 내 롤모델은 누가 있지. 나한텐 롤모델이 없나. 그러고 보니 롤모델이 없네. 아, 롤모델도 없는 인생이라니. 어, 아니야. 그렇다고 롤모델이 아예 없다고는 할 수 없지.

나에게도 롤모델은 있다. 롤모델이 한 명이 아니어서 그렇지. 내가 읽은 수많은 소설에서 만난 매력적인 인물들, 내가 읽은 수많은 에세이에서 만난 멋진 작가들, 내가 살면서 만난 수많은 사람들. 이들에게서 찾은 선하고 올곧고 독립적이고 유연하면서 단단한 면면들. 나는 이 면면들을 마음속에 새기며 내 삶을 여기까지 끌어왔다. 나는 어떤 한 사람을 롤모델로 삼지는 않았지만, 수십, 수백 명의 사람을 롤모델로 삼았다.

만약 내가 요즘 읽고 있는 책이 〈프라이드 그린 토마토〉라면 지금의 내 롤모델은 이지가 된다. 만약 지금 읽고 있는 책이 〈폭스 파이어〉라면 내 롤모델은 렉스가 된다. 만약 지금 읽고 있는 책이 〈제인 에어〉라면 내 롤모델은 제인 에어다. 〈조화로운 삶〉을 읽은 이후로 니어링 부부의 삶은 본질적인 삶에 대한 내 기준이 되었다. 작년에 읽은 소설 〈모스크바의 신사〉. 나는 이 소설을 읽고 역시 로스토프 백작을 내 마음속 롤모델로 정했다. 그 어떤 환경에서도 자신의 기질을 잃지 않고 꿋꿋이 살아갈 수 있는 사람이 되고 싶어서.

친구들도 나의 롤모델이다. 그 친구는 단순해서 좋다. 친구의 단순한 세계에서는 이 세상도 의심할 바 없이 살아볼 만한 가치가 있는 곳이다. 머리가 복잡할 때 친구를 보면 친구의 단순한 긍정성에 매료된다. 그래, 심각할 것 없어, 무엇보다 나는 지금 친구들과 웃고 떠들며 시간을 보내고 있잖아, 이런 소박한 시간의 소중함을 잊지 말아야 하는 게 먼저야, 하고 생각하게 되는 것이다. 그 친구는 할 말만 해서 좋다. 친구는 쓸데없는 말을 하지 않는다. 그녀의 마음속에 나도 짐작 가능한 어떤 말들이 분명 있는 것 같은데, 그 말을 하지 않는다. 처음엔 그런 태도가 답답했지만, 이젠 현명하다고 생각한다. 어떤 말들은 하는 것보다 안 하는 것이 훨씬 낫기 때문이다.

그 친구는 어떤가. 나는 그녀의 유머에 늘 터진다. 유머 코드 맞는 사람을 좋아하지 않을 수도 있을까. 무엇보다 심심한 듯 살아가는 그녀의 삶에 실은 유머가 꾹꾹 채워져 있다는 사실을 알게 되는 게 좋다. 그 친구는 자기 객관화에 능하다. 자기가 얼마나 까칠한지 알면서 수시로 까칠해지는 이의 매력이라니! 그 친구는 품이 크다. 그녀의 품속에서 나는 내 마음껏 재잘재잘댄다. 그 친구는 강물 같다. 삶이 잔잔히 흐른다. 목소리도 강 같다. 떠올릴 때면 강이 연상되는 친구를 둔 나는 운이 좋은 사람이다.

드라마를 보면서도 롤모델은 꾸준히 발견된다. 빨간 머리 앤의 영원한 연인, 우리의 길버트도 내가 발견한 롤모델이다. 넷플릭스 〈빨간 머리 앤〉 시즌 1에서 아래의 대사가 길버트의 입에서 터져 나올 때, 나는 얼마나 순식간에 길버트에게 반했던가.

"A cute girl is a cute girl."

빨간 머리 앤을 좋아하는 사람이라면 당연히 길버트에 매력을 느끼기 마련이지만, 넷플릭스 버전 길버트는 유독 매력적이다. 공자는 사람을 네 종류로 나눴다. 나면서부터 아는 사람, 배워서 아는 사람, 곤란에 부딪혀야 배우는 사람, 곤란에 부딪혀도 배우지 않는 사람. 길버트와 앤이 처음 만난 날. 앤을 모욕하는 친구들에게 길버트가 "귀여운 애는 그냥 귀여운 애인 거야." 하고 말할 때 나는 그가 '나면서부터 아는 사람'이라는 걸 알았다. 그는 그렇게 태어난 것이다. 편견 없이 바르게.

길버트가 앤을 그저 '귀여운 애'라고 명명한 것은, 그러니까 이런 뜻이다. '나는 그녀가 고아라는 것을 상관하지 않는다. 나는 사람을 선입견을 가지고 보지 않기 때문이다. 그저 내가 내 눈으로 본 그녀의 모습만이 그녀다.' 길버트의 이 선언은 길버트가 또래집단의 힘을 넘어서는 힘을 지닌 아이라는 걸 말한다. 모두가 낄낄대며 고아 소녀를 놀리고 멸시할 때,

모두에게서 반 발짝 떨어져 자신이 바라보고 있는 것의 의미를 스스로 찾고 이렇게 찾은 의미를 자신의 힘으로 지켜내는 아이.

존 버거는 그의 소설 〈여기, 우리가 만나는 곳〉에서 인생이라는 건 선을 긋는 문제라고 말했다. 선을 어디에다가 그을지는 각자가 정할 일이라고 했다. 나는 살면서 사람들이 그은 수많은 선을 보았다. 그 선을 보면 그들이 무엇을 기준으로 살아가고 있는지 보였다. 어떤 이의 선은 선이라고 할 수 없을 만큼 헐렁하면서 맥락 없이 삐뚤삐뚤했다. 그들은 그들 삶에 아무런 기준이 없어 늘 허둥지둥하기만 하는 것 같았다. 어떤 이의 선은 딱 자신의 키만큼 높았다. 그 선은 오로지 그에게 주어진 경험치만큼의 선이어서, 마치 그 선이 미리부터 그의 한계를 정해두고 있는 것 같았다.

어떤 선은 사실상 그 사람이 긋지도 않은 것이었다. 누군가가 와서 선을 그어주자 그 선을 기준으로 살아가는 사람들이 많았다. 이런 사람들은 우르르 몰려가는 경향이 강했다. 누가 무언가가 좋다고 하면 그리로 몰려갔고, 누가 무언가가 가치 없다고 판단하면 그 반대편으로 몰려갔다. 내가 본 선의 대부분은 이런 선이었다. 나는 이런 선들을 보면 아무런 감흥이 일지 않았다. 금방 잊게 되는 선이었다.

그런데 어떤 선은 우아하면서 단호했다. 그 선은 단호해서 부담스러운 것이 아니라 단호해서 고결했다. 나는 이런 선이 보이면 그 선에서 눈을 떼지 못했다. 그 선이 어디에서 시작됐는지, 그 선이 그 선의 주인을 어디까지 데려갈지 궁금했다. 그러고는 이내 나는 그 선을 참고삼아 내 선을 있는 힘껏 잡아당겨도 보고 애써 지우개로 지워도 보면서 내 선의 위치와 형태를 바꿨다. 나는 나면서부터 아는 사람이 아니었기 때문이었다. 다만, 배워서 아는 사람은 되고 싶었다. 길버트의 선 역시 내 선을 그릴 때 참고하는 선이 되었다.

넷플릭스 〈빨간 머리 앤〉 시즌 2를 보면서 길버트의 선이 얼마나 우아한지 다시 한번 확인할 수 있었다. 십 대 소년 길버트는 섣불리 자신의 미래를 결정하지 않는다. 대신 더 넓은 세계로 자신을 데려간다. 그는 편견 없이 주어진 노동에 임하며, 역시나 편견 없이 아마 살면서 한 번도 본 적 없었을 게 분명한 흑인과도 깊은 우정을 나눈다. 그는 그의 경험치를 착실하게 확장해가며 자신이 무엇에 호기심을 느끼는지 탐구

한다. 그는 그가 가는 길을 스스로 선택하고, 그가 그어 놓은 선을 따라 유연하면서도 단단한 삶을 이어간다. 나는 이 소년의 삶을 보면서, 할 수만 있다면 그의 평생을 지켜보며 내 선을 계속해서 수정해나가고 싶었다. 나는 선을 잘 그으며 살고 싶다.

epilogue

브런치에서 댓글로 인연을 이어가던 JY와 처음으로 만났다. 서로의 글을 좋아하는 두 집순이의 만남. 카페에 마주 앉아 어색하지만 어색하지 않은 듯 쾌활하게 대화를 시작했다. 상대 글의 장점을 열심히 나열하며 먼저 덕담을 주고받은 뒤, 이런저런 이야기를 하던 중에 JY가 말했다.

"계속 글도 쓰고 또 책도 내는 분들 보면 정말 신기하더라고요. 어떻게 그렇게 계속 글을 쓰지 싶어요. 글감이 계속 떠오른다는 게 놀라워요."

내 다음 책이 올해 안에 나온다는 말을 듣고 한 말이므로, '계속 글도 쓰고 또 책도 내는 분'이란 세상의 수많은 작가들을 뜻하기도 하고 또 나를 뜻하기도 했다. 그러니 내게 어떻게 그렇게 계속 글감을 만들어내느냐는 물음. 글쎄. 마땅한 답이 떠오르지 않아 눈을 끔뻑거리고 있자 JY가 말을 이었다.

"전 삶이 차곡차곡 쌓여야 겨우 글이 하나 나오더라고요. 그것도 아주 마른걸레를 쥐어짜듯 쥐어짜야 나오는 거예요."

"저도 쥐어짜는 거예요."

큭큭 웃으며 대답했다. 삶을 차곡차곡 쌓아야 겨우 글 하나를 써낸다는 말. 나는 이 말이 아주 마음에 들었다. 어찌나 마음에 들었던지 그 자리에선 나도 그렇게 글을 쓰고 있다고 생각해버릴 정도였다.

그런데 집으로 돌아오는 지하철 안에선 생각이 달라졌다. 곰곰이 생각해보니 나는 언젠가부터 삶을 차곡차곡 쌓는 일만으로는 글을 쓸 수 없다는 걸 깨달았고, 그래서 글을 쓰기 위해 무언가를 더 하고 있었다. 그 무언가란 이렇게 말할 수 있겠다. 내가 글을 쓰지 않았더라면 하지 않았을 것들을, 더 하고 있는 것이라고.

글을 쓰기 위해선 스치듯 지나가는 것들을 붙잡고 눈앞에 고정해두어야 한다는 걸 알았다. 그래서 글을 쓰지 않았다면 결국 잊고 말았을 것들을 잊지 않기 위해 기록하기 시작했다.

별것 아닌 듯 보이는 친구와의 대화, 나조차도 크게 의식하지 않은 자잘한 생각, 주의 깊게 느끼지 않으면 몰랐을 어떤 정서나 분위기, 순간적으로 피어올랐다가 금세 사그라든 작은 감정 등.

이런 것들을 잊지 않기 위해 지하철 안에선 스마트폰을 들었고, 집에선 컴퓨터를 켰다. 평범해 보이기도 하고 보잘것없어 보이기도 하는 생각이나 감정의 편린들을 소중한 보석을 담듯 에버노트에 담았다.

글을 쓰고 싶을 땐 에버노트를 열었다. 그 안에 담긴 대화와 생각과 감정을 하나의 글로 엮었다. 글을 쓸 때면 과거의 그 공간과 그 공간에서 내게 이야기를 들려주던 사람들의 표정이 새록새록 떠올랐고, 글을 완성하면 이로써 또 하나의 순간을 영원히 잊지 않게 돼 마음이 뿌듯했다.

그렇게 글이 하나, 둘 쌓이면서 알게 된 게 있다. 긴 시간의 사유나 깊은 성찰, 또는 뿌리 깊게 박힌 기억 등으로 나를 발견할 수도 있지만, 이렇게 순간순간 불쑥 튀어나오는 생각이나 감정을 통해서도 나를 발견할 수 있다는 사실이었다.

이 에세이집에도 순간을 기록하지 않았으면 영원히 쓰지 못했을 글들이 담겨 있다. 그리고 이 말은 글을 쓰지 않았으면 알아채지 못한 채 잊혀질 '나'가 꽤 많았을 것이란 뜻이기도 하다.

사실 매일마다 하루치의 삶을 견디고 버티며 살아남기에도 벅찬데, 눈여겨보지 않으면 땅바닥에 흘리고 지나갔을 '나'까지 왜 잊지 말고 챙겨야 할까. 과자 부스러기 같은 '나'는 그냥 한데 모아 쓰레기통에 버려도 되는 것 아닐까.

이런 생각을 잠깐 해본 적도 있지만 그럼에도 나는 순간의 시공간 속으로 사라져버릴 '나'를 열심히 줍고 모으며 살아가기로 했다. 이렇게 모은 나에 관한 글을 계속 쓰며 살아가기로 했다.

헤르만 헤세의 〈데미안〉에는 이런 문장이 나온다. "한 사람 한 사람의 삶은 자기 자신에게로 이르는 길이다." 이 문장은 내가 나이 들어가는 나를 긍정할 수 있도록 해주는 가장 강력한 문장 중 하나다. 나이를 먹어가며 더 나 자신과 가까워질 게 아니라면, 나는 왜 나이를 먹어야 할까. 나 자신과 더 가까워지기 위해 나는 나를 계속 발견해나가려 한다.

매일을 보고, 매일을 쓰며.

언제나 쓰는 사람

황보름